# [A CÓPULA DOS ESPELHOS]

# [ A CÓPULA DOS ESPELHOS ]

• BRANCA MARIA DE PAULA •

COLEÇÃO / DESASSOSSEGO

[ Belo Horizonte / 2022 ]

Dados Internacionais de Catalogação na Publicação (CIP)

Paula, Branca Maria de
A cópula dos espelhos / Branca Maria de Paula. –
Belo Horizonte, MG : Quixote Do, 2022. – (Coleção desassossego)

ISBN 978-65-86942-54-5

1. Ficção brasileira I. Título. II. Série.

22-102050 CDD-B869.3

Índices para catálogo sistemático:
1. Ficção : Literatura brasileira B869.3
Eliete Marques da Silva - Bibliotecária - CRB-8/9380

Nesta edição, respeitou-se o Acordo Ortográfico da Língua Portuguesa de 1990, que entrou em vigor no Brasil em 2009.

Revisão Luiz Morando
Capa, projeto gráfico e diagramação Caroline Gischewski
Lettering Roberto Bellini
Foto de capa drmakete-lab|unsplash [Olafur Eliasson, *Viewing Machine*, Inhotim ]
Conselho editorial Alencar Fráguas Perdigão
Editora responsável Luciana Fonseca Tanure de Castro
Editor João Camilo de Oliveira Torres
Assistência editorial Sofia Rossi
Comercial Cláudia Masini
Redes sociais Claudia Brandão
Tecnologia de informação Alessandro Guerra

Este projeto foi realizado com recursos da Lei Municipal de Incentivo à Cultura de Belo Horizonte

Realização

PROJETO REALIZADO PELA SOCIEDADE CIVIL COM RECURSOS ORIUNDOS DA POLÍTICA DE FOMENTO À CULTURA MUNICIPAL

Incentivo

LMIC LEI MUNICIPAL DE INCENTIVO À CULTURA

CULTURA

PREFEITURA BELO HORIZONTE
GOVERNANDO PARA QUEM PRECISA

Rua Alagoas, 1270 – Sala 304 | Savassi
30.130-168 | Belo Horizonte | MG
editoraquixote@gmail.com | (31) 3141.1256

@quixote.do /quixotedoeditora /quixotedoeditorasassociadas

*Para Murilo Rubião, nas alturas.*

*Para Ildeu Brandão, amigo desde a mais tenra idade.*

*Os fantasmas de um escritor são aqueles personagens ou detalhes ou situações que perseguem um autor como cães de caça, ao longo de todos os seus livros.*

Rosa Montero

*O espelho e a cópula são abomináveis, porque multiplicam os homens.*

J. L. Borges

# AGRADECIMENTOS

Meu especial agradecimento à Ana Cecília Carvalho, que leu A *cópula dos espelhos* assim que terminei a última revisão do original, e me encorajou a publicá-lo o quanto antes. Suas palavras generosas lançaram uma faísca que incendiou todo este processo que agora se concretiza em livro.

Agradeço ainda à equipe da Quixote+Do pela parceria e a João Camilo em particular, que esteve comigo na linha de frente.

Apesar da predominância do obscurantismo nestes tempos sombrios, a Editora e eu pudemos contar com a Lei Municipal de Incentivo à Cultura, Fundo – Multilinguagens, que viabilizou a edição deste livro.

# [ A cópula dos espelhos ]

# RIZOMAS

*De manhã é quando tenho medo.*
*De manhã os fantasmas do dia, revigorados e fortes, galopam soltos.*
*As palavras me acordam e não posso fugir ao seu jugo. Submisso, vou expelindo letra por letra, frase por frase, ideia por ideia – dolorosamente –, aquilo que conheço e também o que não conheço. Infindável tormento!*
*Escrevo e reescrevo. Começo e recomeço, sempre, todas as manhãs, um livro que não terminarei. Poderia chamá-lo "o livro dos opróbrios", conquanto eu pudesse pecar. Mas o tempo do pecado passou e estou condenado a ser livre. Livre de qualquer culpa, em qualquer instância.*
*Assim que desperto, o nada me consome. O abismo me engole e, de tão branco, reflete a noite ao contrário. Espero a concepção e o verbo exato. Por sorte, a eternidade dura o tempo de uma vida, não mais. E assim tenho me consolado.*

Afonso de Freitas Neto

# [ A cópula dos espelhos ]

# CAPÍTULO I

É um escritor como outro qualquer: vive de palavras, sonhos e esperanças vãs. Cheio de si, anda empanturrado de ideias geniais que, ao serem traduzidas em português genuíno, se revelam tolas e pueris. Isso em nada lhe afeta a pose, embora no dia a dia seja um cidadão, ao que sabemos, modesto.

Quanto ao resto, sofre os problemas da classe, ou melhor, vez por outra assina contratos abusivos e recebe quando decidem pagá-lo, independente do que rezam suas cláusulas. As edições piratas de seus livros são um fato consumado: xérox de histórias completas rodam de forma democrática nos colégios mais particulares do país. O fim parece-lhe nobre, e a situação, comovente.

Para arrematar, os originais de Afonso vão e voltam, numa dança ininterrupta, pelas agências do correio. Todos os funcionários o conhecem pelo nome, julgando, por certo, que ele faz parte da comissão de leitura das grandes editoras do país. Na verdade, recusam seus escritos alegando programação esgotada para os próximos anos, falta de verba e desafino em relação à linha editorial – às vezes, gorda demais; às vezes, magra demais. Costumam também culpar o público, que não gosta *daquele tipo de literatura*. O escritor sente-se infeliz por não agradar ao leitor, especialmente aquele que nunca o lera. E que, pelo visto, continuaria sem conhecê-lo. Enquanto isso, o mercado abarrota-se de mediocridades. As coleções se sucedem na pressa e no ritmo de novos e tradicionais enlatados.

É claro que tem algo de podre, repete-lhe o amigo dramaturgo. Você não representa. Invente uma moda e ponha-se de acordo. Vista sua roupa de rufião, bata o bumbo, faça malabarismos e grite: vejam que obra-prima eu, Afonso, criei. Autor, neste país, tem que representar seu próprio texto em várias versões. Algumas, bastante bizarras.

Mas Afonso insiste num estilo de vida com significativa dose de conformismo, dentro dos preceitos cristãos, que ele aprendeu menino. Além disso, pela própria índole, não se mostra diferente dos demais compatriotas. Ou comparsas.

É convidado com frequência para participar de feiras mínimas, onde autografa um livro ou dois. Solicitam-no também para palestras em escolas e cursos especializados, sem nenhuma espécie de recompensa a não ser a singela doação de si próprio.

Ele a tudo se presta, apostando nestes passos para o sucesso de sua carreira. Um dia seria reconhecido e respeitado da forma que merece. Tem uma missão a cumprir, acredita. Abnegado, deixa pela metade histórias de suspense, versos a serem burilados, parágrafos que ele mesmo não consegue decifrar quando volta a eles. E corre a cumprir seus compromissos de escritor: entrevistas, seminários, congressos, lançamentos etc.

Quanto mais escreve, menos publica. Os compromissos se sucedem, o dinheiro mingua e a hora de se tornar uma celebridade se dilui em um futuro virtual.

Minha profissão tem mais osso que ofício, repete ele para o retrato do tio-poeta, única pessoa capaz de entendê-lo neste vasto mundo de ninguém. Pena que esteja morto. Pena que não possa se opor aos veementes argumentos de Afonso como sempre fez enquanto ajeitava calmamente seu pincenê, embora continue a influenciá-lo de forma decisiva.

Aparício era calvo. Ele, Afonso, está ficando calvo. Uma discreta barriga começa a se insinuar em seu elegante perfil, comprometendo-lhe a silhueta. Mas de frente, coluna ereta, pode ainda passar despercebida. Por isso, ele estufa o peito ao caminhar e trata de se empertigar ao máximo.

O tio-poeta morrera bastante jovem, aos trinta e poucos anos. Afonso acaba de completar quarenta anos; então, insiste em perguntar ao retrato, pendurado sobre a escrivaninha: e agora, tio, o que faço? Depois dos quarenta, nunca se sabe. A vida vai ficando escassa.

Aparício, olhos mansos, bigodes ruivos, arrebitados, nada opina. Está posto em sossego desde que se mudara para aquele escritório, por ocasião de seu falecimento. Já que não teve filhos, nem mesmo se casou, seus pertences foram distribuídos entre os parentes próximos logo após a missa de corpo presente. Afonso herdou a caneta-tinteiro, o mata-borrão, o pincenê e o retrato do tio, orgulhoso por ter merecido tais relíquias. Viu mesmo nesse fato uma confirmação de seus ideais e passou a trabalhar com energias redobradas.

Precisava tê-las, pois…

…com os direitos autorais do primeiro semestre de 1990 comprou apenas uma cueca. Poderia ter comprado ainda uma meia, ou seja, um pé de meia, mas a vendedora foi taxativa: só vendia o par. Assim, restou-lhe entrar em seu boteco predileto e tomar um chope duplo, saboreando gole a gole aquela bebida divina que em muito fortalecia seu espírito guerreiro.

Certa feita, graças a uma venda especial com descontos exorbitantes, Afonso lembra ter recebido direitos autorais tão polpudos que pôde comprar uma jaqueta, uma boina e ainda um cachecol, apegando-se a ele como se fosse um bichinho de estimação. Trazia-o sempre em volta do pescoço, fizesse chuva, fizesse sol.

# [ A cópula dos espelhos ]

# CAPÍTULO 2

No momento em que o encontramos, Afonso termina de escrever mais um de seus Rizomas e pensa deixá-los, como autorretrato, para a posteridade.

Ao registrar a última frase – *E assim tenho me consolado* –, sente-se livre para dar início a um novo trabalho de ficção.

Por essa época, Afonso está descasado, tão solitário quanto o tio-poeta, mais uma razão para nele se apoiar e se espelhar. Mergulhado em remotas elucubrações, mede a passos lentos o escritório enquanto partilha com Aparício as grandes dúvidas e os pequenos infortúnios de um escritor quase inédito, conhecido apenas em sua cidade.

Vez por outra, parece acordar e fala com paixão dos novos projetos que pretende desenvolver. Está numa época de grande fertilidade, como se o Nilo tivesse transbordado em seu peito, fecundando-lhe cada célula do corpo.

Inflama-se também ao falar de Janete, pedra fundamental que durante anos o sustentara. Haviam se casado aos poucos, sem fazer planos, nas tardes mornas e nas noites compridas que desembocavam em manhãs carentes de sentido.

Afonso, avesso a juramentos, nunca se arrependera, apesar de se assustar com a ideia do compromisso, quando dela tomava consciência.

No dia a dia, tinha por hábito permanecer em seu canto predileto tentando se abstrair, sempre tentando se abstrair do mundo exterior, enquanto Janete tomava posse do restante da casa. Que vivesse a vida dela do jeito dela. Afonso seria a última pessoa a incomodá-la. Ele, quando muito, pensava e escrevia. Escrevia e pensava. Um escritor não é capaz de incomodar nem fazer mal a ninguém, repetia, exceto a si mesmo.

Janete dava aulas de inglês e desempenhava as outras tarefas em seu próprio ritmo, ou seja, quando bem lhe apetecia. Afonso orgulhava-se dela. Jamais se queixava de almoçar papa de arroz e ovo frito ou macarrão imerso em molho duvidoso às duas da tarde, nem de jantar bolachas e sopa de letrinhas. Ao contrário, divertia-se ao máximo com o alfabeto diminuto, criando palavras inusitadas e capciosas. Também não se importava de escrever ouvindo *heavy metal* no volume máximo, ritmo preferido de sua amada Janete. A propósito, não se lembra de ter sequer resmungado quando teve de calçar, por falta de opção, um dos pares de meia que atirara no cesto de roupa suja durante a semana.

Por outro lado, não conseguia se abstrair de Janete nua, as cortinas abertas a escandalizar os vizinhos. Ele nunca disse nada, por uma questão de princípio: afinal de contas, cada qual deve cultivar seu próprio estilo com total liberdade.

Quando chegava de porre, espantando a pontapés os cães que vigiavam a madrugada, Janete desaparecia no dia seguinte, deixando-o a palito e água.

Merda de destino o de um escritor, tio, sempre à mercê de alguém disposto a alimentá-lo. Em todos os sentidos, em todos os sentidos...

Quanto à cama ou vida íntima do casal, longe andava o tédio. Janete trocava qualquer coisa por uma boa dose de fornicação, arranhando e soltando palavras obscenas em várias línguas. Só soltava Afonso quando caía exausta.

Mas que havia um descompasso, não se pode duvidar. Estando ele pronto, Janete passeava alhures. Quando ela queria, ele, em pleno ato de criação, recusava-se a interromper seu trabalho. Afinal de contas, sou um escritor profissional, justificava-se em tom grave, definitivo.

Outras vezes, completamente bêbado, provocava uma espécie de cataclismo doméstico. Janete não desistia fácil e passava a práticas de levantar qualquer defunto, inda que santo. A sequência virava uma guerrilha anárquica, impossível distinguir quem estava a favor ou contra. Afonso, meio duro, meio mole, escapava. Mas talvez fosse uma questão de honra, tio. Lá vinha ela de novo com a boca, hum, cá entre nós, aquela gelatina quente! Então eu experimentava a terrível sensação de que minha vara nunca mais ia ver a luz do dia, ficando para sempre mergulhada no desfiladeiro escuro de Janete. Por sorte, temores infundados.

Seguiam assim até que, certa noite, ele apagou em plena função, justo quando Janete dava o melhor de si.

Céus, fora na manhã seguinte, sim, na manhã seguinte que tudo terminara. Sentado diante do abismo branco, a cabeça tonta e – por que não confessar? – vazia, Afonso viu Janete irromper escritório adentro exigindo que deixasse de moleza e tomasse as devidas providências. Que desocupasse o beco, porque ela já estava de saco cheio. Por azar, exatamente naquele instante e aproveitando-se da quietude de sua mente – coisa rara de acontecer –, ele escarafunchava as próprias ventas. De susto e de vergonha, arranjou as trouxas e se mandou, sem abrir a boca.

Pois é o que eu digo, tio, não se deve traumatizar um escritor em *alpha*. Além de contraproducente, pode ser também perigoso. Sorte que venci o trauma e voltei a escrever. Mas podia não ser assim, podia não ser assim... O certo é que abandonei Janete sem saber o porquê. E olha que eu gostava dela, ah, gostava. Daquela boca suculenta e do jeito que mordia. Cá pra nós, não é qualquer mulher. Ah, não é. E agora dei pra repetir o inesgotável Padre Antônio Vieira: *Quem vem depois e não supera, não iguala.*

Atualmente, um dos grandes desafios que o escritor enfrenta é trabalhar com a cabeça entre as pernas de Janete, ou melhor, desejando isso de forma emergencial. Escusado dizer que as manifestações de seu corpo, autônomo e livre, continuam a acontecer fora de hora. Por mais que tente, não consegue transar as mulheres que o rebocam para casa, nas madrugadas de naufrágio em terra firme.

Alçar voo de pau duro complica em muito as pequenas questões sociais que ele tenta abordar em Crônica de Um Tempo Incerto.

A tentação do momento é abandonar o texto do jeito que está – feto malformado, esboço de um esqueleto incompleto? – e escrever, de um só fôlego, *A cópula dos espelhos*. Não imagina o que possa ser, mas acha o título instigante. Tão logo se disponha a desenvolvê-lo, as ideias hão de fluir, sentencia Afonso, com o firme propósito de não desistir do título que tanto acirra seu apetite. Assim ele se ilude, concebendo com dificuldade a

# CRÔNICA DE UM TEMPO INCERTO

[ Módulo 1 ]

Um triste começo de noite numa triste cidade: Belo Horizonte. Luzes se acendem, prometendo velar o sono daqueles que enfrentaram, e venceram, mais um dia de cão raivoso em terra de fartas promessas e raros feitos.

*Não, não é bem assim. O começo lembra* "Luzes da Ribalta". *Uma paródia, nada mais.*

Homens amargos, mulheres aflitas. Pacotes e sacolas. Crianças e bichinhos de estimação – o fardo de cada um. Das lanchonetes, um bafo de pastel e óleo queimado. Guardas apitam e fomentam o caos. Um fio de música estridente sobe do chão, e uma roda de curiosos atravanca a calçada. Não se pode caminhar.

*Etc. É mais ou menos esse o cenário. Depois tenho que rever.*

Quanto ao nosso personagem, bate o ponto, pega a pasta e deixa a repartição. Mal avança alguns passos, esbarra na plateia improvisada. Curioso, Crispim – *nome provisório até encontrar melhor* – equilibra-se na ponta dos pés para saber o motivo daquela repentina aglomeração.

No centro, um homem sopra uma flauta rústica, e uma mulher toca, ou tenta tocar, uma espécie de viola. Sobre o cobertor, quatro crianças de pouca idade marcam o compasso com latas de cerveja, alheias ao mundo. Estão sentadas com dignidade e por vezes fecham os olhos, como se fossem dormir ou desmaiar. Os ossos ameaçam furar a pele encardida das mãos. O homem usa uma calça que pertenceu a um senhor quatro dedos mais baixo que ele e uma camisa folgada, cujo antigo proprietário era no mínimo dez quilos mais gordo. O chapéu surrado lhe confere um ar de eterno retirante. Enquanto toca, passeia o olhar melancólico de pessoa a pessoa, sem aparentar pressa ou qualquer outro sentimento. A mulher não olha para ninguém. Debruçada sobre o instrumento, esforça-se por dele tirar algum som. Uma escura e opaca cortina de cabelo protege seu rosto.

Algumas moedas são atiradas no cobertor.

Pouco a pouco, a melodia ganha velocidade. O ar torna-se denso, e Crispim sente dificuldade de respirar.

Os agudos vibram de forma angustiada, e os poucos graves se alojam em seu peito como aves ao cair da tarde.

Os presentes aplaudem, em delírio.

Um antigo conceito, ainda dos tempos de escola, toma Crispim de assalto e rodopia em sua cabeça: célula da sociedade, célula da sociedade – gira o redemoinho, sorvendo-o para outros mundos. Prestes a perder os sentidos, percebe que alguém lhe rouba a pasta em um golpe veloz.

Com o susto, ele se reanima. Olha em volta procurando o responsável, mas ninguém parece ter chegado ou saído da roda nos últimos minutos. O grupo continua o mesmo: os espectadores conservam seus lugares, absortos pela música e por seus próprios humores.

Crispim experimenta um vago sentimento de culpa, pois todos parecem pessoas corretas. Estará fazendo mau juízo delas? Talvez ele tenha esquecido a pasta no trabalho, talvez seja um pesadelo diurno, desses que nos assaltam de pé.

Apesar das dúvidas e da confusão, Crispim perde, com absoluta certeza, uma cópia do imposto de renda, uma carta apaixonada de Sheila, o cartão de um sujeito riquíssimo, o rascunho de um poema, o original da única crônica que publicara, um envelope de aspirina, outro de antiácido, e várias contas.

Entre surpreso e desconfiado, ele conclui que as histórias privilegiam os imprevistos.

# CAPÍTULO 3

Olhos encovados cairiam bem em seu personagem, imagina Afonso. *Pero*, usará óculos?

Tais questões ocupam o escritor que, de Crispim, apenas sabe ser ele um cidadão paciente e cordato, um triste funcionário público. Mas que um belo dia se descobrirá poeta, quiçá um intelectual. A propósito, Crispim há de ser Benjamin, resolve o autor, que avança aos poucos, tateando a história.

## [ A cópula dos espelhos ]

# CRÔNICA DE UM TEMPO INCERTO

[ Módulo 2 ]

Benjamin, ex-Crispim, usufrui com parcimônia do serviço médico-dentário a que tem direito. Trabalha dois horários, conforme a vontade do último governador, participa de intermináveis reuniões e, a pedido do chefe, responde por ele em cerimônias oficiais, assembleias, seminários e sempre que surgem problemas internos a serem resolvidos. Coordena também comissões especiais, recorta matérias para o gabinete e desova portarias numa velocidade de causar inveja aos criadores de rãs. Mas o ponto forte de Benjamin é a redação de pareceres, onde encontra espaço para exercitar seu talento de escritor.

Versátil, é capaz de rir, com sinceridade, das velhas piadas que o chefe conta em doses diárias a seus subordinados. Vez por outra colabora no jornalzinho da repartição, escreve poemas melífluos, recheados de metáforas triviais, e crônicas que poderiam, com certeza, continuar inéditas.

Embora o Estado não lhe traga grandes benefícios, Crispim, funcionário concursado, não admite inconfidências em seu trabalho. Na prática diária, tem por princípio não incomodar ninguém, na esperança de também não ser incomodado por ninguém.

Gasta o pouco tempo livre nos sebos da cidade, à cata de livros que oficialmente não existem mais. E por acaso descobre, em perfeito estado, um *Almanaque* D'O *Pensamento*, de 1944.

Na página 191, encontra uma pequena advertência que ele relê dez vezes, pelo menos, ao tentar destrinchar sua mensagem:

AOS NEURASTÊNICOS

*Ontem, hoje era amanhã, e amanhã, hoje há de ser ontem: contudo, ontem, amanhã era depois de amanhã, porque hoje era amanhã ontem, e amanhã há de ser hoje amanhã, pois era depois de amanhã também... E é só.*

*(Nota: – Se os Srs. Neurastênicos não melhorarem, deixem a solução para ontem... que, afinal de contas, é igual a hoje.)*

O conselho aos neurastênicos deixa Benjamin encabulado e ele analisa criteriosamente o assunto, concluindo que o mesmo não se aplica à sua pessoa. Na sequência, ele desiste de rasgar papéis, coisa que sempre faz nas horas de aflição e dúvida.

Ao deixar a repartição, Benjamin assiste a uma cena que o deixa estarrecido:

Segunda-feira, três da tarde, sol de melar qualquer ideia que por descuido se intrometa no marasmo das cabeças em trânsito.

No canteiro central da avenida Getúlio Vargas, na Savassi, o homem esbraveja. Gesticula furiosamente, como se revidasse ofensa grave. E de sua boca escapam impropérios, mobilizando a atenção de quem espera o sinal abrir, de um lado e do outro da rua. Mas ninguém se espanta ou se detém na cena mais do que um segundo. Fingem não ver, alteram o trajeto e logo se afastam.

Até que o homem solta um berro estarrecedor e manda o desgraçado à puta que pariu. Cospe a raiva aos pés do agressor, vira as costas e atravessa a rua.

O poste, no entanto, nada respondeu.

# [ A cópula dos espelhos ]

# RIZOMAS

*O inconfessável*

*O intangível*

*O inominável*

*O indizível, enfim, permeia a superfície da página.*

][

*Pelo bem, só pelo bem – vamos aos fatos!*

# [ A cópula dos espelhos ]

# CRÔNICA DE UM TEMPO INCERTO

[ Módulo 3 ]

Benjamin tem redigido dezenas de Portarias Internas desde que o novo Diretor da Casa assumiu o cargo. Assustados com as novas, drásticas medidas tomadas pelo Dr. José de Souza Barbosa e Leite, os funcionários levantam inúmeras questões, mas as respostas só podem ser encontradas no Diário Oficial. A saber:

*Doravante, o uso do crachá passa a ser obrigatório. Todos os servidores, sem exceção, devem estampá-lo no peito para ter acesso ao recinto e desempenharem suas respectivas funções. (Para evitar desmandos, a portaria secundária é trancada e a vigilância, reforçada.) Por outro lado, fica terminantemente proibido o trânsito de sacolas e sacoleiros pela Repartição, onde não se admite mais a venda de calcinhas, perfumes, meias, calculadoras do Paraguai, creme da Argentina, queijo de Minas, pinga, linguiça, bilhete de rifa etc.*

Ou seja, trabalhar fica inviável e viver parece impossível. Nas longas filas que se formam em função do retrato três por quatro, não se comenta outra coisa.

Ora, medidas de tal ordem representam um duro golpe naqueles que tentam, de algum modo, ganhar a vida com honestidade. Para arrematar o quadro, doravante é também proibido fazer doce de leite, feijoada e vaca-atolada em qualquer um dos inúmeros setores da Repartição: o cheiro provoca náuseas no novo Diretor Administrativo, pessoa de fino trato e estômago delicado.

Apesar de todas as Portarias, as máquinas continuam imprimindo, no devido tempo, o jornal da Casa.

Benjamin simplesmente cumpre ordens. Lá pelo final do mês, sente os primeiros sintomas da velha gastrite e volta ao chá de boldo, bálsamo para grande parte dos males que sofre. Ele estala a língua e faz careta cada vez que prova a droga, sorvendo a beberagem com amargo prazer.

Nesta manhã, como de hábito, ele se prepara para redigir um parecer sobre as queixas do vizinho MSS. Alega o infeliz que não pode conciliar o sono, pois um gato passeia pelos telhados da Casa feito alma penada, soltando miados de arrepiar. Ele, o reclamante, entende ser de responsabilidade da máquina estatal silenciá-lo de imediato.

Assim sendo, Benjamin lança mão de uma folha timbrada, suspira fundo e capricha na escrita:

*Prezado Senhor,*

*Depois de muito debatermos o assunto, constatamos que constantemente constatamos que constatamos que constatamos que... a dor de existir não tem fim.*

*E é só.*

# [ A cópula dos espelhos ]

# CAPÍTULO 4

Pronto, está feito. Desponta, enfim, o escritor da Crônica. Quanto ao perfil mais adequado a ele, Afonso decide, em estado de clarividência: Benjamin portará óculos de grau.

(Neste caso, a lógica parece-lhe de fato menor: Todo escritor usa óculos / Benjamin é escritor / Logo, ele usa óculos.)

Aproveitando a brecha, por que não sofismar? Estimula o cérebro, a criatividade, queima calorias e promove a autoestima.

# [ A cópula dos espelhos ]

# CRÔNICA DE UM TEMPO INCERTO

[ Módulo 4 ]

Os óculos escondem o olhar castanho-míope de Benjamin. A calvície não será, em tempo algum, ameaça para ele, pois o cabelo pixaim grudava-se-lhe na cabeça.

*Grudava-se-lhe? Mas espera aí, essa construção é do século mais que passado. Vamos tentar de novo.*

O cabelo pixaim de Benjamin resistiria aos embates do tempo, assegurando-lhe uma velhice tranquila, sem os desmandos da calvície.

*Ou ainda*: O cabelo pixaim de Benjamin resistiria ao tempo e à lei da gravidade.

*Soa mais contemporâneo, sem dúvida. Em todo caso, do cabelo pixaim não abrimos mão. Resolveremos depois esse dilema. Tais exercícios são bons, mesmo quando não chegamos a uma solução definitiva.*

*A propósito de uma possível barriga...*

Afundou-se-lhe o ventre com uma gastrite crônica.

*Outra vez o impasse. São as armadilhas da língua. Senão, vejamos.*

Benjamin, corroído por mórbidas questões existenciais – questões essas que transitam pelo social, como vimos –, consome-se no prazer de triturar as próprias entranhas, ou tripas. Enquanto isso, colegas sedentários acumulam banha e cochilam sobre as mesas onde deveriam trabalhar.

Tendo sido o primeiro membro da família, entre irmãos, tios e primos, a ultrapassar o limite máximo de 1,68 m de altura, sem nenhum esforço Benjamin conquistou certos privilégios, que a bem da verdade vinham atrelados a certas obrigações. Já aos dezesseis anos media 1,72 m, inspirando certo respeito entre os seus, assim como uma ponta de inveja. Era de se presumir que seria um homem seguro de si mesmo. Mas tal não aconteceu.

Quando pequeno, roía as unhas. Depois, passou a fumar. Agora, deixou o cigarro e voltou a roer unhas. Cuida da saúde com ervas e chás, pois até o velho conhaque cai-lhe mal, levantando suspeitas e temores de uma doença que melhor fazemos se dela não falamos.

Este ar de cão fiel faz parte de sua natureza, que encontrou reforços no fato de ele estar casado, há mais de vinte anos, com a mesma mulher. Os ombros finos estreitaram-se ainda mais desde que prestou concurso para o Estado, lá se vão duas décadas. Benjamin parece vestir sempre a mesma roupa: camisa justa abotoada até o pescoço, paletó curto e calça escura, de bainha alta.

De alguns anos para cá, nem sempre usa gravata. Além disso, ele…

# [ A cópula dos espelhos ]

# CAPÍTULO 5

Afonso interrompe bruscamente seus apontamentos quando o telefone toca. Ele é convidado, assim como outros intelectuais, a se pronunciar a respeito da separação – ou não – do Triângulo Mineiro, entrevista fadada a ir ao ar naquela mesma noite. O jeito vai ser escarafunchar o nariz do Estado e opinar contra – resmunga Afonso para o retrato de Aparício. Fora as questões socioeconômicas e culturais, o perfil de Minas Gerais ficaria irremediavelmente comprometido, parecendo inacabado, o que implica em princípios estéticos. Não dá, não dá!

E lá se vai Afonso, com os argumentos na ponta da língua. Mas a apresentadora do programa cortava os entrevistados e falava a torto e a direito, com um sotaque forte, que ela exportava como mineiro. Assim, tanto ele quanto os outros convidados só conseguiam dizer a frase principal, sendo que a subordinada, capaz de explicitá-la, continuava sem ser dita, deixando frustrados ouvintes e entrevistados.

Desde o corte brutal, a Crônica empacou. Ou melhor, anda a claudicar. Também Afonso tem puxado da perna. Se Janete estivesse ao seu lado, ela logo teria notado. Mesmo tendo um ar distraído, dava notícia de tudo o que se passava com ele. É fácil para um escritor sair do prumo, teria se justificado Afonso, resignando-se à sorte. Mas agora, a quem se justificaria?

Tem pensado muito no leitor ideal, aquele que não tropeça onde o escritor tropeça. Aquele que, apesar de todos os obstáculos que lhe impinge o autor, segue sempre em frente. E não boceja porque o período é longo, nem adormece no meio do capítulo.

Quando pensa em Janete, lembranças adormecidas de novo afloram, dando vida a pequenos detalhes que ele por muito tempo cultivara e depois esquecera.

A primeira vez que a viu, ela estava com o nariz vermelho-lagosta descascado pelo sol de verão. Virava uma lata de cerveja, as gotas escorrendo pelo queixo e desaparecendo no colo. E ele gostou do que viu: das sardas e das pernas finas. Só não conseguiu se entusiasmar com os seios fenomenais, sentindo-se sufocar cada vez que se imaginava na cama com Janete. E de fato entrou em pânico na primeira noite, com toda aquela abundância e profusão. Mas logo superou as primeiras dificuldades, foi aos poucos se acostumando, veio o gosto pela coisa e ele se perdeu de vez.

Entretanto, o irresistível charme de Janete se concentrava, para Afonso, numa pequena pinta bem acima da sobrancelha esquerda. Curiosamente, os seios dela iam diminuindo à medida que seu amor crescia. Até que um belo dia, sabe-se lá por qual razão, voltaram de chofre ao tamanho real e ele, como no início, sentiu-se sufocar. Também por essa época a pinta se transformou numa verruga ameaçadora, assumindo, aos olhos de Afonso, um ar perverso. Mas, agora, com que prazer ele de novo se submeteria a tais minudências – confessa ao tio. E, sem mais se importar com possíveis distorções do real e do imaginário, sua vida amorosa fluiria, caudalosa.

Pensando em Janete e na Crônica, dá voltas sobre si mesmo na cama, de repente imensa. Quando dorme, da noite resulta um sonho hermético que ele transcreve assim que acorda, antes mesmo do café da manhã:

O sujeito, desesperado, tenta se matar golpeando com a cabeça o espelho de cristal que pende da parede. Toma distância, dispara numa carreira e, a poucos centímetros do espelho, freia bruscamente, agarrando-se ao console dourado. Com o impacto, tudo estremece. Os lustres tilintam.

As sete entidades que o acompanham riem às gargalhadas. Eu, que a tudo assisto, espanto-me: por que se divertiam tanto?

Aquele ser aflito, de camisolão, está juntando coragem para mergulhar de cabeça, mas falha sempre no último instante. É um fracote.

Penso ser o espelho uma espécie de janela que ele tenta atravessar para se projetar além, no espaço desconhecido. Logo depois, vejo que o espelho é um fim em si mesmo.

Nosso herói, de camisolão branco, vai e vem, sem desistir do intento. Seu rosto denota angústia e dor.

Quanto às entidades, espalham-se pela grande alcova como se assistissem a um jogo: uns sentados na cama, outros encostados em pilastras, outros ainda passeando pelos aposentos com ar displicente.

A cena, tragicômica, é redundante.

# RIZOMAS

*Todas as palavras voaram em debandada, deixando em meu peito um ninho de serpentes vorazes.*

[ A cópula dos espelhos ]

# CRÔNICA DE UM TEMPO INCERTO

[ Módulo 4 (Cont.) ]

De alguns anos para cá, nem sempre usa gravata. Além disso, ele…

Ele … *perdi o fio da meada, merda, e agora? Agora já não sei.*

*Ora, o importante é seguir em frente, vamos lá!*

Além disso, Benjamin tenta ignorar Sheila, a secretária. Ou recepcionista, ou telefonista da secretária executiva. Olha, mas finge não ver, a blusa de cambraia transparente. E o berloque perdendo-se entre os seios amadores.

*Seios amadores – o que significariam, afinal? Seios ingênuos, púberes e, portanto, inocentes, ou seios dedicados à arte de amar?*

Mesmo redigindo uma minuta, cabeça baixa, Benjamin é capaz de perceber o ondular opulento das ancas de Sheila e suas manobras calculadas. Ela se esmera em paradas súbitas diante dele, preenchendo com volúpia seu restrito campo visual. E então se debruça sobre a mesa a exibir suas prendas óbvias, em um gesto de entrega nada singular.

## [ Módulo 5 ]

Aquele parecer sobre as queixas do vizinho MSS, que pretendia ser ligeiro, revela-se funesto para Benjamin, projetando-o em um estado de grande ansiedade. A dor de existir torna-se insuportável à luz do dia; por isso, sai com frequência à noite, deixando a mulher, Dirce, nervosa e insegura, ao sabor de todos os perigos e tentações que definem a cidade. Por mais que escute as insinuações das comadres de plantão, invejosas de seu casamento, ela se recusa a imaginar Benjamin com uma amante. Mesmo sabendo que ele seria incapaz de traí-la, sente um ciúme irracional e imbecilizante.

Enquanto Dirce se tortura por nada, Benjamin rumina para si mesmo: todo movimento é ilusório, todo esforço é demasiado fútil. Não existe maior encanto do que um canto de bar – cantarola ele, dando vazão ao seu novo elã intelectualoide. E perquire o fundo do copo como se fosse uma bola de cristal, repleta de visões proféticas e tontas possibilidades.

No trabalho, não se preocupa mais em recortar matérias para a seção. Concentra-se nos casos singulares e nos pequenos anúncios. Como estes:

> O esqueleto de um animal pré-histórico, encontrado por uma empreiteira no terreno X, apresenta estranhas características etc.

> Procura-se senhorita sensual, de linhagem nobre, para todos os fins; promete-se sigilo absoluto.

][

Entre a repartição e o bar, Benjamin segue o que lhe ditam seus passos hesitantes. Mas, graças a uma guinada inexplicável em sua rota, dá com os costados numa praça onde ele permanece imerso em total quietude, malgrado o rebuliço no entorno. Cresce o tédio, a angústia e o desejo de expressar suas emoções sempre pisoteadas pela disciplina diária. É quando ele assiste a uma cena inspiradora:

O homem faz a barba com zelo, cuidando para não se ferir, o dorso nu em sintonia com o torpor da tarde. Meticuloso, desliza o aparelho pela face escura, depois pega o copo de plástico e mergulha a lâmina: em golpes curtos, elimina os excessos.

Os sapatos, exauridos, descansam na grama e o homem evita molhá-los.

Avança devagar, calmo, como se o dia não fosse acabar dentro de poucos minutos.

Apalpa as bochechas e volta a escanhoar os pontos ásperos. Segue o ritual, guardado em si mesmo e rendido ao tempo. Inteiro.

A gaforinha permanece sob controle, presa num rabo-de-cavalo feito à revelia, e não se abala quando ele flexiona o tronco para pegar a garrafa, no chão. Ondas gordas se precipitam pela barriga que antes se esparramava estufada e lisa.

O homem retorna ao prumo pouco a pouco, puxado por um fio invisível, as pernas feito tenazes no banco de pedra. Põe o litro à frente, resgata o aparelho de barbear e joga longe o caldo de sabão, gordura e pelos. Reabastece o copo com água fresca e o deixa em repouso, dando por encerrada essa parte.

Procede agora aos últimos retoques e massageia, por alguns minutos, a pele pardacenta. Depois, ensaboa a carranca com surpreendente vigor, tornando-a uma máscara uniforme e branca. Tateia o ar por um breve instante, se apossa do gargalo e lava-se até a última gota. Sacode as mãos para eliminar os excessos e escolhe uma folha de jornal na pilha embaixo do banco. Com ela enxuga o rosto. Em seguida, os braços. Sem esfregar, vai batendo a página de leve, parte por parte, para que as palavras não se desmanchem.

Quando concluía o ritual, o sol driblava os edifícios de luxo que rodeiam a Praça JK e sobre ele lançava um raio de luz, macio e morno.

# [ A cópula dos espelhos ]

# CAPÍTULO 6

Solicitado para uma noite de autógrafos, Afonso novamente abandona a Crônica, prometendo a si mesmo retomá-la na manhã seguinte.

É o que faz, tão logo acorda. Mas uma prova de fogo aguarda o escritor. Parte da sua produção desapareceu completamente e a outra ficou reduzida a frangalhos. Apenas algumas palavras, desmembradas, permanecem intactas.

Depois do primeiro momento de perplexidade, Afonso esmurra a mesa: que baita sacanagem! Quem, diabos, teria feito aquilo?

Furioso, reclama com o retrato do tio Aparício. Em seguida, junta as sobras e trata de recuperar o texto. Experimenta diversos arranjos e todas as possíveis combinações, como se aquilo fosse um quebra-cabeça literário. Obtém, por fim, este anúncio *sui generis*:

Procura-se senhorita de esqueleto sensual para todos os fins, ou seja, animal e nobre. Prometo sigilo pré-histórico. Absoluto.

Mas que brincadeira é essa? – grita ele, percebendo a cilada. Isso me cheira a deboche, de-bo-che! Que me diz o senhor, tio, hum?

Como Aparício não se manifesta, Afonso vasculha a casa e, na busca frenética por alguma pista, acaba encontrando vários objetos esquecidos ou perdidos: a camisola que Janete usou na lua de mel, calcinhas e sutiãs eróticos, camisinhas com data vencida, relógio que marca hora ao contrário, mata-borrão e caneta-tinteiro do tio, contas de luz da década de 1970, um calendário de 1981 e um pacote de canhotos de cheques em péssimo estado, com zero de saldo.

Constata também que a limpeza da diarista, Assunta, deixa a desejar. Reclamaria com ela: que desse lá seu jeito, caso contrário...

Procura daqui e dali até que, exausto, deixa-se cair na cadeira de espaldar alto, herança do avô. Respira fundo três vezes, três vezes puxa os pelos que teimam em brotar, qual mato selvagem, de sua orelha pontiaguda. A seguir, sobrepondo-se às perdas, retoma seu trabalho de ficção.

# CRÔNICA DE UM TEMPO INCERTO

[ Módulo 6 ]

Benjamin aproveita o feriado para visitar sua terra natal, onde não põe os pés desde as últimas eleições. Enquanto arruma a mala, Dirce vai falando: Um pouco de descanso há de te fazer bem, Benja, você não anda nada bom, tá se vendo, desta vez eu fico, mas da próxima vou com você pra mudar de ares, não se esqueça de dizer que mando lembranças e trate de comer direito, cuidado com a gastrite, pode ficar pior de repente e também...

Teve a sorte de encontrar um táxi disponível, apesar da ferrenha disputa que antecede aos feriados. E também teve sorte com o motorista, que o conduzia pelas ruas congestionadas falando por ele e por todos os eventuais passageiros. Benjamin se restringe a ouvi-lo, sem se preocupar em responder.

Nosso Governador, dispara o chofer, acho que gosta mesmo é de gozar a cara da gente. O senhor viu, as donas de casa reclamaram que estamos vivendo no caos. E o que ele fez? Muito popular, deu entrevista dizendo que ia ao mercado verificar pessoalmente em que pé andavam as coisas. Se de fato faltava o que reclamavam etc. Chegou lá, tomou pinga e comeu torresmo. Pois é, foi e voltou e deu outra entrevista. Declarou para todos os jornais que elas tinham razão, que era mesmo o caos. Mas quando perguntaram que providências ele pretendia tomar, sabe o que respondeu, hein? Que não podia ajudar em nada porque estava muito ocupado fazendo política. Você já viu que cara de pau? Vou te contar, meu chapa, são todos assim, todos – frisou, freando o carro em frente à rodoviária.

Benjamin apressa-se em concordar com ele, e o motorista deseja-lhe boa viagem no mesmo tom inflamado do seu discurso. No ônibus, tem por companheira uma senhora rechonchuda, que vorazmente consome um saco de biscoitos quebra-quebra. Mas isso não perturba Benjamin, que cochila a viagem inteira e chega a S. Nicodemos coberto de farelos.

Quando pisa a terra natal, sente que o pescoço está torto e que só poderá apreciar as grandes mudanças lá ocorridas na diagonal e no sentido esquerdo / direito.

Soube logo que a casa do prefeito, atração turística do lugar, passava pelos últimos retoques. Finalmente. A construção tinha ficado parada – como todos esperavam, aliás – desde que a oposição ocupou o poder. Mas, agora, tudo havia voltado ao que era: o prefeito conseguiu se reeleger e prossegue alegremente as obras, cujas bases ele lançou em seu primeiro mandato.

Benjamin fica impressionado com as inúmeras mudanças ocorridas em S. Nicodemos. O pequeno bazar, que vendia brinquedos, livros e revistas, não existe mais. Em seu lugar, uma casa lotérica garante o movimento diário.

Um advogado, um oculista e um dentista da capital são hoje o orgulho da cidade. Para sua surpresa, um cursinho de inglês, recém-criado, está repleto de alunos, e o pároco toma cerveja com as ovelhas desgarradas. O correio e a igreja, reformados, destoam do resto.

O centro da cidade está quase igual, quase do mesmo tamanho de antes. Já a periferia cresceu tanto que se perde de vista. Benjamin pôde apreciar sua verdadeira extensão de forma correta, uma vez que o pescoço torto tinha voltado ao prumo. Vê que os barracos conquistaram as margens do córrego e boa parte do morro. Não se pode mais contá-los, como antigamente.

Quanto às pessoas do lugar, além de envelhecidas, estão macambúzias, como se não pudessem atinar com o motivo da própria tristeza.

Benjamin não sente a mínima vontade de conversar com os irmãos, que o tratam com distinção, mas a distância. Parecem pertencer a uma família que não lhe diz respeito.

Os sobrinhos não se fartam de fazer-lhe perguntas no que se refere à vida da capital, excitados com as notícias dramáticas da televisão. Mas ele a todos desaponta com a narrativa de seus hábitos pacatos.

Já no segundo dia em sua terra natal, Benjamin começa a se aborrecer, achando que não tem nada a fazer ali e que está perdendo tempo. De modo que foi um alívio tomar o ônibus de volta. Durante a viagem, a custo manteve-se acordado, com medo de entortar outra vez o pescoço. Por isso, chega cansado e irritadiço, propenso a sofrer mais uma crise de gastrite.

Na rodoviária, entra na fila para tomar um táxi. O guarda apita nervoso, gesticula aos quatro ventos, e as pessoas têm de avançar centímetro por centímetro, com sacolas e malas e crianças, até alcançar o primeiro carro da fila. Até chegar no ponto onde se encontra o guarda. Há sempre discussões e reclamações, e o policial anota os números das placas e, quando implica com o motorista ou se desentendem, multa várias vezes o mesmo veículo.

Motorista de táxi é foda, disse uma moça atrás dele. Além de cobrar acima da tabela, ainda querem escolher passageiro. Olha aquele ali. Parece que está fazendo um grande favor. A coitada cheia de bolsas e meninos, e ele fazendo de conta que nem é com ele.

Benjamin olha, disposto a demonstrar solidariedade. De fato, ela tem razão. A mulher tenta controlar os pequenos, enquanto enfia as sacolas no carro, indo e vindo diversas vezes, completamente atarantada. Quanto ao motorista, observa toda aquela movimentação e boceja, cheio de tédio.

A fila vai rastejando com dificuldade, mas sem nenhum grave contratempo, e alguns minutos depois Benjamin entra no carro que lhe cabe, ao que tudo indica, por predestinação. Quer chegar o mais rápido possível em casa e acabar logo com aquela interminável viagem. Pensa com nostalgia em Dirce e no pé de boldo.

O motorista, azedo, sai em disparada, por pouco não avança o sinal, e Benjamin percebe que precisa fazer alguma coisa rapidamente, antes que ele cometa alguma loucura ao volante. Esforça-se, então, para entabular conversa com ele.

— E como vão as coisas aqui? – pergunta.

— Uma merda, a mesma merda de sempre. Não, pior um bocadinho – sapeca ele à queima-roupa.

Benjamin engasga com a própria saliva e tosse.

— O quê que foi? Outro aumento, mais um imposto, greve de novo?

— Que nada! Aumento sempre tem, greve nem se fala. A gente tá até acostumado, já viciou. O problema agora é o novo regulamento – diz o homem, contrafeito.

— Novo regulamento?

— É, dos táxis – responde, impaciente. – Tem um monte de fiscal solto aí e toda hora eles param a gente. E é multa atrás de multa. Não se pode mais trabalhar sossegado.

— Mas daqui a pouco isso passa. Eles esquecem ou ficam distraídos com outra medida provisória. Não se preocupe – Benjamin tenta amenizar as coisas.

— Mas enquanto isso a gente paga, não é? Vai só pagando. Olha aqui a intimação que eu recebi hoje. Vê se dá pra acreditar. É esse o serviço de vistoria que eles fazem.

Benjamin, todo sem jeito, pega o papel: o taxista deve se apresentar no prazo de vinte e quatro horas, no máximo, ao órgão competente para regularizar a situação, pois a poltrona do passageiro está descosturada dois dedos. Tal infração...

— Dois dedos, já pensou? Esse buraquinho aí, ó.

O motorista abandona a direção, vira-se para trás e aponta o assento ao lado dele.

— Esse *aí*, dá pra acreditar?

Benjamin também fica irritado.

— Não é possível, gente, não pode ser. E o senhor vai lá? Vai, hein?

— Se fosse você, ia, hã?

— Se fosse eu...

Benjamin procura com o dedo o buraco citado e, quando acha, deixa escapar sem querer:

— ... mandava enfiar no rabo de quem inventou essa palhaçada!

# [ A cópula dos espelhos ]

# RIZOMAS

*Onde estará ela nesta madrugada insone, neste estalar de luzes, depois de nenhum pesadelo ou sonho bom?*

*Oculta-se no raso ou em porão de sombras abissais? Terá se escondido na prateleira da estante, no escaninho ou debaixo da mesinha-muda?*

*Sei apenas que era redonda e gorda, a palavra. Escorregava voluptuosa e não tinha pega e rolava solta, longe de mim; e, ainda assim, tão próxima que estendi a mão para agarrá-la.*

*Não faço outra coisa senão persegui-la, mas resvalo na desmemória.*

*Súbito, no meu cochilo ela desponta e, agora sim, salta na ponta da língua.*

# [ A cópula dos espelhos ]

# CAPÍTULO 7

Afonso acertou o passo, não claudica mais. Sente-se tão leve e solto quanto o texto da Crônica. Já nem lembra os tropeços iniciais. E fantasia os caminhos de Benjamin com uma ponta de alegre sadismo.

Revigorado e confiante, sente-se em sintonia consigo mesmo e, por extensão, também amado. Janete é apenas um ponto que lateja, em tom menor.

# [ A cópula dos espelhos ]

# RIZOMAS

*Ocorre-me que o ato de escrever não é um ato solitário propriamente dito. Solitário é o amor.*

*Escrevendo, mergulho na seiva e no lodo onde encontro meus fractais, descubro cúmplices na trajetória para a morte e me sinto consolado.*

*Já no ato do amor, esqueço as questões universais e procuro as respostas inscritas em meu corpo. O outro é apenas instrumento para que eu possa ouvir meus impróprios gemidos e ais. Sendo o prazer em si e per se egoísta, o momento do gozo não pode ser partilhado.*

*Por outro lado, o gozo estético é capaz de somar milhares de criaturas em diferentes cavernas, montanhas, desertos, cidades, credos.*

*Através dos tempos*
*mas foram presos e foram mortos*
*– os poetas*
*para nos redimir.*

[ A cópula dos espelhos ]

*Um escritor*

*de merda*

*sou o que não sou.*

# CAPÍTULO 8

No dia seguinte, depois de constatar o estrago feito em seus Rizomas e esbravejar aos ventos fugidios, Afonso liga para a prefeitura e reclama do que ele classifica de falta de saneamento básico. Na aflição, não sabia por onde começar e foi logo soltando a bomba: os roedores estão invadindo a casa e atacando a minha obra que, afinal de contas, não me pertence, é um bem público. Tratem de levantar o traseiro e tomar as devidas providências já, antes que eu ponha a boca a funcionar e procure os jornais, as rádios e TVs, enfim, todas as mídias a que tenho acesso. Um cidadão em dia com a municipalidade tem o direito de... etc. etc.

Nem ele próprio se imaginava capaz de tanta fúria. Mas acontece que a questão mexia com seus brios e com sua autoimagem. De maneira nenhuma se vê como um escritor de merda. Ao contrário, é um profissional cônscio da importância de seu papel, que não permite intromissões ou abusos de nenhuma espécie. Está disposto a defender, seja a que preço for, os preciosos textos que pretende legar, intactos, às gerações futuras.

Os funcionários da prefeitura, contrariando a regra ou apenas para confirmá-la no que concerne às exceções, vieram logo, munidos de tubos, galões e bombas. Por toda a casa, deixaram marcas indeléveis.

Surpreso com tanta eficiência, Afonso perambula pela cidade de bar em bar, até escurecer. Quando retorna, intoxicado de álcool, fumo e novas ideias, senta-se durante um longo tempo no último degrau da escada, antes de abrir a porta e enfrentar a própria sina.

Quase madrugada, ignora por completo Aparício e ataca diretamente a Crônica.

# CRÔNICA DE UM TEMPO INCERTO

[ Módulo 7 ]

Pequeno desabafo de Benjamin quando estava de porre e Dirce, furiosa, trancou-se no quarto: entra ano, sai ano nesta porra de país e o que é que muda? Nada, absolutamente nada, burro é o caralho, quem traduz *to pretend* por pretender só provoca confusão; digo e repito, o remédio gato bebeu, aquele grande amor rendeu três poemas, exatamente, eu não falo as uvas estão verdes, pombas, não estão, estão verdes os seios de Sheila, nada vale nada, mas que existe saída aposto que sim: novela das 18, das 19 ou das 21 horas, cachorro de raça, porco *pink* de estimação, caminho de Santiago, casa construída de cacos, coleção de moedas, jogo do bicho, eu fico só pensando o que é que a gente vale neste mundo, lê um monte de livros e esquece, o corpo apodrece, é por isso que eu falo, tá todo mundo alucinado, não tem escapatória, melhor ser barata, viver no máximo quarenta e nove anos, coisa mais triste a expectativa de vida do nordestino, trinta e oito anos, só pode ser engano; agora, quanto ao Corpo de Fuzileiros Navais, a história é diferente, o candidato não pode ser arrimo de família, tem de ter no mínimo vinte dentes naturais, não é exigir muito?, a saúde do povo começa pela boca, graças à tradição estamos mal neste país desdentado; dizia a carta: venho pedir seu voto e seu apoio, em troca ofereço meu solene compromisso de independência e de trabalho diário, vejam só, saudações democráticas e literárias, no fim do túnel, outro túnel, o futuro brota comprometido com pecados capitais, nenhum deles original, perdas exorbitantes se sucedem, o edifício em frente está em chamas, ouviu, meu bem?, me deixa ir, meu macarrão está esfriando e desastre todo dia tem, outra hora a gente vê, tá?, cortina de plástico é foda, pior que cortina de ferro, o segredo repousa na mão leve, esperteza e cara de pau, em vez de político ele devia ser ator, performance magistral a dele, inesquecível, os humildes que se danem, porra, todo dia anoitece neste país de merda e o que acontece, acontece.

# CAPÍTULO 9

Afonso cai de bruços em cima da papelada e acorda tarde, o tio lá, olhando pra ele. Quase pula de susto, pois a imagem do retrato esbanja vivacidade e malícia. Mas ele não se dá por achado. Sacode os ombros e, antes de qualquer coisa, relê o pequeno desabafo de Benjamin.

Grande porcaria – fala alto. Se o tal roedor tivesse comido essa parte, teria me feito um favor. Acho que chamei o pessoal antes da hora.

Nesse momento, o telefone interrompe suas elucubrações. É uma voz familiar, que ele não consegue identificar. Uma mulher.

— Escrevendo muito? – ela pergunta.

— Muito... às vezes – responde a custo.

— E não está mais bebendo, está?

Ele fica calado. Quem podia ser? Pelo tom, uma pessoa que conhece bem sua rotina. Uma amiga (?) íntima, de outrora.

— Responde, Afonso – ela insiste. – Tudo bem com você?

Ele vacila. Depois corta, rápido.

— Quando eu morrer, aí sim, estarei ótimo!

Desliga, irritado. Que atrevimento. Intrometer-se assim na vida dele. E justamente de manhã, quando as musas costumam visitá-lo. É mais do que posso suportar, reclama alto, em frente ao espelho.

Toma café instantâneo e consome, sem nenhum prazer, um pedaço de queijo duro. Em seguida, volta ao escritório e abre a janela. Quem sabe seus pensamentos circulariam melhor depois de ventilados?

Afonso se posta diante da janela sem nada fazer ou pensar. Seria essa uma experiência do nirvana ou estaria de passagem pelo limbo?

Mas a duração deste estado revela-se efêmera: súbito, as ideias, como um enxame de abelhas, invadem sua cabeça e, assim como chegam, partem, deixando no ar apenas a efervescência do voo.

Para onde foram? – ele se pergunta, exasperado. E é neste lastimável estado de espírito que lê, pela milionésima vez, o palavrão escrito no muro em frente. Aí não se aguenta e revida à altura: Viado é a mãe!

E então, mais calmo, entrega-se aos ínfimos prazeres da Crônica.

# [ A cópula dos espelhos ]

# CRÔNICA DE UM TEMPO INCERTO

[ Módulo 8 ]

Por que rimos tanto?

Com essa pergunta patética, Benjamin começa sua primeira minuta após o feriado e ignora por completo as ordens peremptórias do chefe. Mergulha em um estado de humor cada vez mais sombrio e acaba por recortar, da página policial, a seguinte história:

Então, Marivaldo esbofeteou Júnior e jogou-o contra a parede do barraco, onde ele bateu com a cabeça em um prego. Supondo que o ferimento tivesse afetado o cérebro da criança, decidiu matá-la a socos para que ela não crescesse meio maluca. Quanto à mãe, Maria da Piedade, é cega desde os três anos de idade devido à desidratação e nada pôde fazer para salvar o filho, de apenas três meses.

Depois de arquivar a notícia, Benjamin dirige-se ao banheiro e vomita, como nos tempos de criança em S. Nicodemos.

# RIZOMAS

*Montanha acima, montanha abaixo, a corja continua a me perseguir e eu corro cada vez mais ligeiro. Se vacilar, vão fazer de mim um refogado de miúdos a ser consumido durante o sarau, onde meus textos serão lidos e leiloados e assinados pelos arrematantes, como se fossem os verdadeiros autores.*

*Mas isso é o de menos. O que de fato pretendem é roubar a ideia do meu novo romance, algo escatológico, mas ímpar, alojado na nanogaveta do meu hipocampo.*

*Um fantasma robusto ganha a dianteira e se aproxima perigosamente. É quando uma bala perdida corta o ar à minha frente, mas não me fere, continua perdida. No mesmo instante, a onda gigante abre uma fenda no tempo, por onde escapo em busca de Janete. Vou ocultar meu acervo em suas memórias, mas ela de nada saberá.*

# [ A cópula dos espelhos ]

# CAPÍTULO 10

Afonso continua escrevendo a Crônica como exercício diário, mas um expediente maquiavélico insiste em colocá-lo à prova.

Após mais uma noite maldormida, ele volta ao trabalho e encontra sua produção reduzida à metade. Tomado de um espanto que supera a irritação dos primeiros incidentes, descarta de uma vez por todas os roedores.

Existirá algum gênio mau divertindo-se às suas custas? Ou será um inimigo declarado, digamos, outro escritor, tentando destruí-lo? Neste caso, resta saber que plano ardiloso orquestrou e que meios tem usado para penetrar no escritório e usurpar o que lhe pertence, por direito e mérito.

Não, em sã consciência, tal possibilidade é remota. Mesmo assim, todas as alternativas devem ser consideradas. Vejamos: poucos conhecem seus hábitos e não há ninguém que goze de sua intimidade o bastante para ser subornado.

Estaria Assunta envolvida? Não, impossível. É analfabeta. Talvez seja um caso de polícia, talvez não. Melhor agir de forma cautelosa. Ser objetivo, não se inflamar tanto. Mas que ele tem um inimigo, não há dúvida. Anônimo, certo, mas declarado. Lá estavam as provas: sílabas soltas, substantivos e advérbios, uma série de preposições e também uma fileira de adjetivos. Ou seja, os bens e os males de Afonso, anacrônicos, amontoam-se aqui e ali, como sobreviventes de uma chacina.

Logo agora, que esperava se superar. Mostrar a todos que, apesar das críticas mordazes dirigidas à sua obra e, principalmente, à sua pessoa, ele continuava sendo o escritor que sempre foi. Logo agora, este golpe baixo!

Num gesto de entrega, Afonso abre seu caderno de apontamentos e registra ligeiro, antes que o vento bata a porta do quarto:

# RIZOMAS

*Quem não tem memória e só vive o presente, vivencia um naufrágio todas as manhãs.*

Moacyr Laterza, professor de Filosofia

*O inferno são os outros?*
*A filosofia é insidiosa?*
*Sou um escritor para nada?*

*Cumpro com o cotidiano e mais não faço.*
*A redenção não está em lugar nenhum e a voracidade,*
*dentro de mim, descarna o tempo e acumula ossos.*

## [ A cópula dos espelhos ]

# CAPÍTULO II

Por que teria escrito tal heresia?

Experimentando um mal-estar sem causa específica, Afonso respira em goles curtos e pragueja contra a roupa que, de uma hora para outra, se esmera em oprimi-lo. O cinto, há anos ajustado no mesmo furo, está prestes a se romper ou a secioná-lo em duas metades, ambas infelizes. No entanto, se os vencedores são aqueles que resistem por mais tempo, ele aceita o novo desafio, disposto a retomar a Crônica sem considerar atos insubordinados e alheios à sua vontade.

## [ A cópula dos espelhos ]

# CRÔNICA DE UM TEMPO INCERTO

[ Módulo 9 ]

Pouco abaixo da história de Marivaldo, na mesma página do jornal, Benjamin lê outra notícia que poria em alvoroço qualquer aspirante a Kafka. Trata-se do seguinte: Um dos quarenta presos políticos trocados pelo embaixador da Alemanha Ocidental sequestrado nos idos de 70, A.M., viveu na Suécia por dez anos. Ao retornar do exílio, trouxe entre seus bens uma máquina gráfica ofsete. Antes de embarcar, no entanto, dirigiu-se à Embaixada Brasileira, lá obtendo autorização para entrada no país, com isenção de taxa de importação, de toda a bagagem – acompanhada e desacompanhada. Mesmo assim, a ofsete ficou presa na Alfândega, obrigando A.M. a frequentes viagens ao Rio na tentativa de recuperá-la. Mas todos os seus esforços foram inúteis e três anos depois a máquina é leiloada. Ele, seu legítimo proprietário, procura a Receita Federal e apresenta uma proposta simbólica ao presidente da Comissão de Licitação, solicitando o que por direito lhe pertence. Mas o senhor não está inscrito – responde ele. Esta concorrência é para pessoas jurídicas e não físicas.

Resultado: a máquina é arrematada pela firma HB, mas A.M. pode impetrar um mandado de segurança e impedir a entrega. No entanto, caso ganhe a questão, terá de pagar uma taxa de depósito pelo tempo de estocagem da mercadoria. A referida taxa gira em torno de nada mais, nada menos, do que trinta vezes o real valor da mercadoria. Assim sendo, o proprietário...

Benjamin, pálido e depauperado, lê e relê a matéria enquanto rói as unhas. O pé de boldo já quase não tem folhas, obrigando Dirce a pedir reforço aos vizinhos.

Escreverá, em breve, um poema intitulado "*Taedium Vitae*". O primeiro verso, ou o último, está prestes a nascer. Por enquanto, é apenas uma melancolia ácida, que se liga ao fato de Benjamin ter visto o sol se pôr, inúmeras vezes, atrás do Edifício JK.

O fato de ter contemplado a lua cheia nascer entre um prédio e outro também influenciará, de forma decisiva, a obra do futuro poeta.

# CAPÍTULO 12

Para impedir novo assalto a seus textos, Afonso escritor dorme agora no chão do escritório. Trata-se de uma reação instintiva que anula de modo contundente o lado racional que ele tanto cultua. Defender o que lhe pertence, ou melhor, a própria cria, é o quanto basta neste momento.

Lá pelas tantas, ele acorda com a boca amarga e levanta-se, relutante. Toma vários copos d'água e, já que está de pé, aproveita e inspeciona a casa de ponta a ponta. Nenhuma sombra suspeita, nenhum mistério. As coisas permanecem na desordem quieta deixada por ele. Pode dormir tranquilo. E foi o que fez, não sem antes pensar no destino enigmático de Benjamin.

Se tivesse sorte, sonharia com Janete.

][

Muito antes pelo contrário, do céu desceu um balão. Dentro, mulheres lindas, mas sem orifícios. De modo que nada podiam comer. Passavam por ele sem vê-lo e se embalavam nas redes.

Afonso corria de uma para outra, enfeitiçado.

Por fim, uma delas abriu-se em flor e engoliu-o.

][

Acordar é tarefa dos mortais. Se não tivesse que acordar, ele seria um deus e, eternizado junto a Vesta, não precisaria de cachecol para se proteger.

Mas o momento exige respostas imediatas. Depois de ser engolido pela mulher-flor-carnívora, o escritor esperneia em vão. Sem ar, luta para vencer as barreiras do sono e por pouco não se estrangula.

A campainha salva-o do sufoco, mas é a contragosto que abre a porta para a diarista. Ao vê-lo, Assunta estaca estupefata, os olhos fixos em Afonso.

— Quê que foi, tá me estranhando? – reage ele, de maus bofes.

— Nada não – gagueja ela.

— Então o quê? – insiste Afonso.

— Então…

— Desembucha, criatura.

Contra seus princípios, Afonso viu-se a discutir, ainda de pijamas, com a faxineira. E, o que é pior, antes do café da manhã.

— Tô achando o senhor esquisito hoje, sei não, vermelhusco....

Assunta, testa enrugada, cria coragem e deixa a fala escapar de um fôlego. Depois, estica o pescoço para melhor examiná-lo.

— E também mais gordinho, hein, seu Afonso? Deve ser a cervejinha, essa barriguinha não mente...

Nada mais irritante que esses diminutivos, pensa Afonso, murchando a barriga de imediato. Em seguida, com autoridade de patrão, vocifera:

— Trate de fazer seu serviço, dona Assunta, e chega de conversa que tempo é dinheiro.

Angustiado, perfila-se diante do espelho. Assunta tem razão. A dita "barriguinha", tão protuberante quanto uma gravidez de cinco para seis meses, não mente. Estranho, muito estranho mesmo – resmunga ele.

Não havia mudado seus hábitos: sempre comeu pouco e sempre bebeu apenas o suficiente para não se tornar um cara estúpido. Nada justifica, portanto, as visíveis alterações que agora lhe comprometem a silhueta.

Em termos de ação preventiva, seria suficiente caminhar no final da tarde ou fazer musculação, ele considera. Provavelmente, tal atitude acabaria por repercutir em seu texto e suas histórias poderiam ganhar força, saindo mais descontraídas e vibrantes. Um escritor sedentário é bem capaz de entediar seus pobres leitores, polemiza Afonso para seu *alter ego*, inesperadamente refletido na foto envidraçada do tio-poeta.

# RIZOMAS

*Mecanismos subterrâneos funcionam alheios à minha vontade. Cultivo um vulcão que dormita, mas que segue revolvendo em suas entranhas palavras vexatórias e sórdidas, destinadas a serem expelidas quando atingirem o ponto de saturação ideal, momento temido, embora desejado.*

*Somente em flashback consigo detectar o tremor discreto das placas subjacentes, despercebido em tempo real. Revivo o leve arrepio da terra, morta desde a última erupção, e certo enervamento das extremidades que dormem. Irrompe então uma súbita vontade de apoderar-me do vermelho e degustá-lo no céu da boca, à temperatura que rompe barreiras do sólido, em estado vertiginoso.*

*A vigília não é suficiente para estabelecer regras e parâmetros. Sou tentado a desistir, mas estou quase lá e vislumbro o mito que nos espelha. Na esteira de Camus, é forçoso imaginar Sísifo feliz.*

*A pedra no topo, não fui eu que a coloquei. Sem sopro ou empurrão, ela se anima, ganha velocidade montanha abaixo, passa sobre mim e evapora-se. Ainda assim é pedra.*

*Pouco a pouco a quietude volta, deixando as cinzas se desfazerem impelidas por outros ventos; deixando que tudo o mais se petrifique em rochas de contorno áspero.*

*O vulcão finge dormir. Mas amanhã ou depois eclodirá.*

# CAPÍTULO 13

Afonso aproveita a quietude do momento para contar a Aparício seus novos propósitos de vida e, à medida que fala, vai se aproximando do retrato. Chega tão perto que entra em pânico ao ver a grossa camada de pó e mofo que recobre a moldura. Desconcertado, ele trata de se justificar: Natural, tio, natural. O senhor sabe: Assunta só limpa o escritório uma vez por mês. E tem de ser rápida, senão atrapalha o meu trabalho. Não posso perder tempo com ninharias. A propósito, a Crônica está adiantada, apesar dos contratempos. Eu, particularmente, acho que o senhor seria o poeta ideal para escrever "*Taedium Vitae*". Quem sabe não quer me ajudar, quer dizer, ajudar Benjamin? Tenho a impressão de que ele deve enfrentar algumas dificuldades aí pela frente, neófito que é.

Animado com a conversa, Afonso dirige-se automaticamente à mesa de trabalho. E qual não é seu espanto e também revolta. Desta feita, o inimigo promovera um verdadeiro estrago, teimando em afrontá-lo de maneira acintosa e perversa.

Um exibicionista, isso sim, brada o escritor, prestes a sofrer um ataque apoplético. Das últimas laudas escritas, restam cinco pequenos fragmentos, cinco palavras que enfileiradas não levam a lugar nenhum: ansiedade, ansiedade, ansiedade, ansiedade, ansiedade.

Merda! – resmunga Afonso, corado de vergonha. Um escritor que se preza não repete uma palavra cinco vezes em tão poucas páginas. Como pôde ser tão estúpido, medíocre e relapso?

Desconfia, pela primeira vez, que o inimigo oculto pode ganhar a batalha, pois demonstra conhecer seus pontos fracos e age com precisão. Por isso, deve tomar providências rápidas, enquanto é tempo. Providências de ordem material e, talvez, também de ordem esotérica, uma vez que ele nada apurou de concreto que possa justificar a intervenção de um Sherlock Holmes no caso.

Mas, antes de partir para uma estratégia de defesa radical, o escritor tenta superar o infortúnio da única forma digna que conhece, ou seja, escrevendo a partir da última deixa.

# CRÔNICA DE UM TEMPO INCERTO

## [ Módulo 10 ]

Tomado de ansiedade infinitamente superior ao normal e sentindo-se ainda incapaz de produzir seu poema do mês, Benjamin anota um lembrete para si mesmo:

NÃO PASTAR NO VERDE, PORQUE A GRAMA É ARTIFICIAL.

Em seguida, faz algumas anotações sobre duas ementas escolhidas por ele para distrair-se, independente do interesse que possam representar para o departamento. Omite os nomes do apelante e da apelada, para evitar possíveis constrangimentos.

A primeira questão diz respeito ao Delito de Trânsito n. 08.120, que reza o seguinte: *Comprovada a culpa exclusiva da vítima, dá-se pela absolvição do réu*. Em outras palavras, a vítima pôs-se de propósito na frente do carro com o fito de provocar o incidente e fazer, do réu, a vítima – pondera Benjamin. Ora, argumenta, o sinal já estava vermelho para o motorista; brilhava o sol no sudeste do Brasil; não havia óleo nem acúmulo de gente na pista; a vítima mostrou-se precavida ao esperar na calçada que o sinal abrisse e, além disso, ninguém a empurrou, fato plausível na hora do corre-corre.

E poderia prosseguir ainda com uma série de objeções ao veredicto, pois a vítima era duplamente vítima e disso ele tinha absoluta certeza. Mas resolve ser sucinto e resume a história nos seguintes termos: o veículo desgovernado, enfezado, trepou na calçada e na moça.

Já deveras inspirado, Benjamin dedica-se à Ementa Crime e Sedução, n. 8.235: ... e no mérito, sem voto discrepante incurso está o agente que, namorando menor honesta, de bons costumes e inexperiente, frequentava-lhe a casa, seduzindo-a com promessa de casamento, inspirando-lhe justificada confiança para, disto se aproveitando, manter com ela conjunção carnal. Nulidades rejeitadas.

O caso, mal contado, merece reparos. Segundo seu parecer, a menor tinha dezessete anos e era alta, tão alta quanto o agente em questão; em pé, podia comprimir seu púbis virginal nas partes pudendas do sedutor; usava uma saia de folgança ideal; quanto aos costumes, eram bons, ou seja, lambia os dedos do namorado sempre que o mesmo comia geleia e afins; além disso, ela roçava a perna na perna da vítima num explícito ato de luxúria; em suma, a maior/menor gostava de correr riscos. Deu-se, então, uma conjunção carnal da melhor categoria. De fato, ela era inexperiente, mas, ao que tudo indica, isso em nada prejudicou a ação do citado agente, nem o sucesso da operação – deduz nosso futuro poeta.

No final do dia, Benjamin contempla sua obra e se resume satisfeito.

# [ A cópula dos espelhos ]

# CAPÍTULO 14

O mesmo não podemos dizer do criador de Benjamin. Difícil conciliar sua produção matinal com a ronda noturna que se empenha em fazer. Arde-lhe o estômago de tanto tomar café com Coca-Cola, único expediente do qual lança mão para espantar o sono. Cochila de manhã e cochila à tarde, passando o resto do tempo em estado de inércia ou como um fantasma a se perseguir: o corpo avança distanciado da alma, que tudo faz para alcançá-lo.

A letra trêmula denuncia-lhe cansaço, mas a Crônica permanece intacta. Em compensação, ele pouco acrescenta ao texto, a não ser laudas insossas.

Volta-se, então, mais uma vez, para seus Rizomas.

# [ A cópula dos espelhos ]

# RIZOMAS

*A verdade é transparente e não a notamos, mas a mentira é opaca e não deixa passar nem a luz nem o olhar. Existe um terceiro estado, onde as duas estão misturadas e é o mais frequente.*

Milorad Pávitch

*Cada um salva sua verdade como pode.*

*Fluida, nebulosa e mórbida, ela se furta a ciladas. Se pudesse alcançá-la, o que seria?*

*Som primitivo, sopro apócrifo? Organela que se rompe ao primeiro espasmo? Seria microfóssil, pedra, água? Explosão de fome sideral, dentro de um buraco negro?*

# [ A cópula dos espelhos ]

# CAPÍTULO 15

Na terceira noite de vigília, Afonso instala pequenas armadilhas pela casa e decide dormir por duas horas, no máximo. Precisa organizar-se para garantir o sucesso da empreitada. Assim, disposto a sacrifícios, ele localiza um antigo e estremecido despertador, que mal se sustenta nas pernas, mas que se obstina em trabalhar, feito galo velho.

Depois de virar e revirar na cama improvisada, Afonso entrega-se ao cochilo programado, mas acorda em seguida, sacudido pelo som do alarme escandaloso e roufenho: ecos de outrora provocam no escritor um blecaute quase trágico. Nos primeiros instantes, ele não sabe quem é, muito menos em que dimensão se encontra: chama-se Afonso, Benjamin ou Aparício? Seja ele que sujeito for, é levado a constatar a total devastação das últimas páginas que escreveu. Nenhuma palavra, nenhum pedacinho de papel, por menor que fosse, restou intacto.

Afonso retorna, fatal e compulsoriamente, à Ementa Crime e Sedução. Descobre que palavras rebatidas, como num solitário jogo de *squash*, voltam com maior poder de persuasão. Dominado por elas, confuso, ele comete um ato falho a ser compreendido no divã, caso ele frequentasse um: esquecendo-se por completo das "Nulidades", apega-se às "Rejeitadas", para se consolar.

Depois de vários exercícios de imaginação, frases atiradas ao lixo e pensamentos inconclusos, ele se coloca a postos, expectando as musas: vez por outra, elas rompem as amarras do Templo e cantam ao ouvido daqueles que vigiam. É preciso paciência. É preciso nada fazer. Calar-se. Esperar, apenas.

# RIZOMAS

*Resta esculpir a frase tosca. Palavras postas na berlinda, outras tantas a serem descartadas, para maior clareza e precisão do texto: vírgulas em demasia, a provocar tropeços sintomáticos; parágrafos elegantes e burilados que nada acrescentam à cena; capítulos inteiros cujo destino justo é o lixo, em benefício do todo. E assim por diante, meses ou anos a fio.*

*No fechamento do processo, outra trama poderá surgir, em favor da personagem ou à sua revelia.*

*Existe esperança de que seu ofício continue, a despeito dos entraves, e siga em frente como a lesma e o caracol que deixam sua baba por onde passam.*

# [ A cópula dos espelhos ]

# CRÔNICA DE UM TEMPO INCERTO

[ Módulo II ]

Benjamin encontra, no fundo da gaveta, um exemplar da publicação *Gênios da pintura* dedicado a David A. Siqueiros, que estava perdido. E esquecido.

Rendendo-se ao universo impactante da arte revolucionária do muralista mexicano, ele sente as imagens como um golpe fatal no próprio umbigo, em torno do qual seu mundo gravita. E erra.

Súbito, já não consegue respirar.

Desnorteado, ele abre e fecha de forma automática todas as gavetas da escrivaninha, toma café pingado, boldo, aspirina e finalmente se aquieta, aquartelando-se no escritório.

Assim é que *O eco do pranto* inspira sua primeira prosa poética:

É aquela vontade de matar e de morrer gerando o caos.
A humanidade, de repente órfã, não encontra abrigo.
Vai a dor nascendo da dor. Multiplica-se ao redor, perdura.
Ferros retorcidos. Destroços. Sucata.
Vidas e feitos sacrificados ao nada. Séculos reduzidos a pó.
A própria arte agoniza.
O que era belo já se foi.
Aqui dorme uma criança, para sempre.
Aqui uma mulher bonita procurava um grande amor.
Aqui certo pedreiro juntou tijolo com tijolo e fez, com zelo, uma casa que nem mesmo era dele.
Nos escombros, o diploma de uma menina cheia de coragem, que trabalhava dia após dia e estudava noite após noite.
Aquela experiência do professor virou apenas estilhaços.
Dos bolos que vovó fazia, não restou farelo.
E as armas e as metralhadoras e os blindados foram reduzidos ao que sempre foram: lixo.
E a praça perdeu todos os canteiros com todas aquelas violetas e rosas e margaridas que um jardineiro, criança de tão velhinho, cismava de cuidar.
Aqui também jaz a flor do ditador.
Avião, aeroporto, televisão, telefone, computador, celular, parque de diversão e academia de ginástica, piscina,

boteco, escola, hospital, discoteca, aliança – como pode? –, tudo virou cinza, fumaça.

Nem livro nem mesmo escritor para contar a história, depois.

Nem mesmo artista plástico pra pintar o quadro, depois.

Nenhuma música se escuta. Apenas um choro agudo. Um pranto sentido. Um grito. E outro. E ainda outro...

Ah, a insensatez das guerras! – alguém suspirava, antes.

# [ A cópula dos espelhos ]

# CAPÍTULO 16

Afonso acredita que Benjamin esteja em busca de sua própria voz, pois reconhece que, apesar de ter se esmerado em seu perfil, não pode saber de antemão qual estilo sua personagem, também escritor, adotará: a criatura pode se rebelar a qualquer impasse, como os anjos sabidamente o fizeram, e descobrir sua trilha particular a partir do pouco que o autor a ela propõe.

Ele espera em silêncio, embora pressinta que Benjamin, por alguma razão, não se manifestará hoje. De fato, o texto que se revela não tem nenhuma relação com o funcionário público casado com Dirce e passa ao largo do seu estilo anunciado na Crônica.

# [ A cópula dos espelhos ]

# CRÔNICA DE UM TEMPO INCERTO

## [ Módulo 12 ]

Ficamos vigiando o homem. E era difícil vigiar o homem.

Ficamos vigiando os porcos. E era difícil vigiar os porcos, que tentavam romper nosso bloqueio improvisado.

Ficamos vigiando a estrada. E era difícil vigiar a estrada, os carros aparecendo e sumindo como miragem, na curva repentina.

Tínhamos de cuidar para que o homem não dormisse.

Tínhamos de cuidar para que os porcos, sedentos e famintos, não bebessem o sangue que ainda minava, empapando a roupa em farrapos e o capim de pouca monta. Cuidar para que não fuçassem as tripas do motorista, que escapavam da barriga e se derramavam para fora de forma grotesca, num arremedo de cena, ensaio ou simulacro.

Os porcos. Que revirassem a terra macerada, os destroços, os pedaços soltos ao redor. Mas que mantivessem a devida distância.

Alguns deles morreram logo. Outros, agonizantes, grunhiam alto e exasperavam o resto do rebanho. Mas o homem, este raramente gemia. E era um ai dolorido, longe, como um queixume que errasse entre as moitas rasteiras e não soubéssemos de onde vinha.

Mantinha os olhos vazios, livres de memórias e emoções, enquanto a cabeça pendia frouxa, lembrando um crucificado.

Jazia prensado na lataria, metade dentro, metade fora.

De vez em quando, parecia que ia pegar no sono e, se dormisse, era morte certa; então, tínhamos de forçá-lo a falar. Ele arfava, engasgava e vomitava frases que recompúnhamos e devolvíamos a ele: não era de hoje que cortava essas estradas, estradas assassinas, ah, o que já tinha visto, parecia que tinha nascido em boleia de caminhão, até estranhava a cama quando chegava em casa; ia com o ajudante, sim, senhor, conversando, bom rapaz...

(E do corpo do ajudante só se via um tufo de cabelo emplastrado.)

...iam entregar a carga e voltar no dia seguinte; num sabia não o que tinha acontecido; foi como um cavalo brabo que desembesta de repente, curva enganosa aquela, das pior.

Temos de ficar de olho na estrada, senão o socorro passa direto. Periga a ambulância não dar fé da carcaça do caminhão, lá no buraco.

Temos de vigiar o sol, para que a noite não se abata de chofre sobre nós.

Nossos braços, exaustos de segurar as varas e tocar os bichos, pendem frouxos.

Os olhos do homem se fecham, e uma espuma escura escorre agora pelo canto da boca. Os porcos fazem um ruído estranho, como se estivessem revoltados com a sorte dos companheiros; sei lá se choram, quase uivam, e fuçam, irados, os corpos espalhados ao redor.

Um cheiro de merda vai crescendo na tarde e se misturando à brisa fresca.

Os porcos vão apertando o cerco.

Temos de vigiar a noite. E mais não podemos fazer.

# [ A cópula dos espelhos ]

# CAPÍTULO 17

Sim, sim, é o que ele faz. Vigia.

Conforme as escrituras, também ele *não sabe o dia nem a hora*.

Mas, alerta, mantém o fogo aceso e busca compor suas orações garimpando, em meio a toneladas de clichês, vocábulos que, transfigurados, possam transmitir o que ele reconhece no outro e o que mais estranha em si mesmo, nesta dança de pândegos. Procura o ritmo e a melodia que apascentem tanto as ninfas quanto Pã, oculto nas cavernas de sua própria psiquê.

E tenta traduzir seus fantasmas assim como os sete pecados capitais e outros tantos, veniais e bizarros, evitando trair a memória submersa que faz dele a pessoa que é. Cuida também de não trair a língua pátria, ainda que Afonso seja – por natureza e precisão – um sujeito infiel. Quanto a seus personagens, seria incapaz de ludibriá-los, embora eles, muitas vezes, lhe preguem peças. Mas o escritor, por muito amá-los, nunca reclama.

Amar é transgredir-se – bem reza Guimarães Rosa em *Ave, palavra*.

# RIZOMAS

*Em geral, não sigo o script. Ao contrário, obedeço à compulsão de rasgá-lo no meio da travessia.*

*Improviso falas, cenas que nem de longe imaginei, precipito finais inesperados e outros tantos, absurdos – seja porque a peça mostrou-se tediosa, seja porque ameaçava desembocar em tragédia, quando eu me inclinava à dramédia ou à sátira.*

*Constato que, para a maioria, o importante é estar no palco e não na plateia. Mas eis que, vez por outra, iniciamos a encenação com a cortina ainda fechada – farsa que perpetua o equívoco. Por outro lado, também acontece o pano se abrir antes da hora, quando procuramos, ainda desnudos, a melhor fantasia para vestir nossa persona.*

## [ A cópula dos espelhos ]

# CRÔNICA DE UM TEMPO INCERTO

[ Módulo 13 ]

Depois de sofrer alguns instantes de tensa e insuportável solidão, ele geme: Maria, Maria, vem cá, vem fazer amor comigo. Mas ela não escuta, está bem longe dali.

Maria saía do banho quando o telefone toca. Ela corre para atender, ainda enrolada na toalha. Diz que sim e veste-se às pressas. Pega o carro e parte em disparada ao encontro dele. Estaciona longe da calçada, aperta o botão do elevador diversas vezes e entra no apartamento como um vendaval.

Ele está estirado no sofá, vendo televisão. Vira a cabeça um centímetro ou dois quando ela entra e esboça um sorriso. Maria arranca o vestido de malha num só movimento, porque ele a chamou, tira sapatos e brincos ao mesmo tempo e joga tudo no chão.

Depois se aproxima, contendo os passos. O homem parece dormir, imóvel e pálido. Quando abre os olhos, a luz vazava por entre os cabelos de Maria, e a pele dela tinha uma tonalidade que não era deste mundo.

Maria-serafim – ele murmura, chega mais perto.

Toca-a de leve, deixando a mão descer mansa pela coxa até parar no joelho e contorná-lo com dedos incrédulos e vacilantes.

Maria estende seu corpo sobre o corpo dele, vigiando para que o encanto não se quebre. Quer preservar o momento de forma plena. Quer encaixar todas as partes, ajustar-se, amoldar-se. Porque ele havia chamado por ela, finalmente.

Que ressaca! – o homem reclama. Mas não precisava dizer. Ela já sabia, soube assim que o viu.

Ele toma a mão de Maria, conduzindo-a para o lugar onde ambos se completam. Ela pressiona leve e começa a acariciá-lo sem pressa, até acordar a parte tenra.

Que saudade – ele fala com voz rouca.

Maria, pródiga em cuidados e delicadezas, começa a despi-lo. Primeiro a camisa, depois a calça de moletom e as meias, como se o ritual a dois dependesse apenas dela.

Mas ele ainda não está pronto. Então, ela mordisca a ponta minúscula do mamilo imberbe enquanto desce as unhas pelas costas lisas, arranhando sem ferir. Depois, coloca entre as pernas o pedaço de débil vontade, de modo a despertá-lo com o suave e firme movimento de seus quadris. Desliza o corpo para frente e para trás, num movimento inteiro e ininterrupto. Em seguida, com a extremidade que vibra ao toque, ela fricciona o clitóris e os lábios túrgidos.

Sem se dar conta, ele escorrega para dentro dela. Maria roda os quadris em movimentos suaves, fazendo-se flor naquela haste que oscila e que não demora a se aprumar: bastão molhado, mastro escorregadio – pedaço que lhe falta.

Segurando firme, ele se senta e acelera o ritmo. Beija Maria como se estivesse apaixonado, morde-lhe o pescoço e sussurra obscenidades. Em sua orelha, a língua incita ao gozo.

E ela, sem querer, obedece.

Ficam em silêncio, quietos, Maria aninhada no ombro dele, sentindo-se tão leve quanto uma pétala embalada pelo vento errante. E assim continuaria, porque não quer se apartar daquele corpo, nem do cheiro que exala aquela pele.

Mas ele resmunga, conserta o braço e reclama dor, quebrando a magia do momento. Então ela se levanta, vai ao banheiro e deixa o tapete enrugado, de propósito. Veste-se com certa tristeza enquanto ele, distraído, acende um cigarro.

— Açúcar ou adoçante? – pergunta, apontando o café.

Ela quer açúcar, bastante açúcar.

— As plantas estão bonitas – fala, quase automaticamente.

— Claro, cuido bem delas – ele diz, virando o último gole de café.

Maria olha o aquário e pergunta:

— Não eram três? Quê que aconteceu com o outro?

— A outra. Pulou do aquário outro dia.

— Pulou mesmo? Nunca ouvi contar uma coisa dessas. Peixe suicida?

— Parece que sim. Mas estava toda machucada, pode ter sido briga. Talvez tenha caído tentando se livrar da rival, bem maior que ela.

— Só faltava essa. Será que foi ciúme?

Ele ri.

— De repente sim, quem pode contar? Só sei que brigaram. E deve ser por causa do macho – ele conclui rápido, olhando o relógio.

Para Maria, o bastante.

— Preciso ir – diz, pegando a bolsa.

Ele não faz nenhum gesto para retê-la. Vai ao quarto, veste o roupão e acompanha Maria até o elevador. Na porta, ela se dá conta de que está com frio. E também com uma espécie de ressaca, como se tivesse misturado cerveja, cachaça e vodca em um copo só e bebido também de um gole só.

— Tô bem agora – comenta ele, mais para si mesmo do que para ela. E boceja, recuperado.

Maria atira-lhe um beijo enquanto a porta se fecha, pega o carro e vai dirigindo sem vontade de ir, nem de chegar. Contra a solidão, nenhum remédio.

Lembra que não havia jantado, estaciona em frente a um *food truck* e pede um cachorro-quente. Guaraná também, por favor – completa.

Come olhando as gotas de chuva escorrendo pelo vidro do carro, como se elas descessem pelo seu corpo. Ela, Maria, está tão úmida e triste quanto a cidade.

Ao pegar a carteira, apalpa as meias e o sutiã que voltam na bolsa. Lembra-se, então, que os brincos ficaram na mesinha ao lado do sofá. Sempre esquecia alguma coisa.

Entra em casa sem fazer ruído e mete-se sob as cobertas, achando bom ter uma cama de casal bem larga, apenas para si.

Pensa: nunca mais. Nunca mais, até que de novo ele sinta angústia ou culpa, e o desejo agudo de deitar-se com sua cúmplice.

Bem separados e bem juntos, fala Maria para si mesma, antes de abraçar com força o travesseiro.

# CAPÍTULO 18

Afonso, que transpira abundantemente, cochila sobre os restos de Maria. Pequenas manchas borram as páginas, em desalinho.

Afonso abre os olhos e está ainda mais cansado do que antes. Lê o texto da Crônica e, embasbacado, reconhece que seu personagem superou em muito o que se esperava dele. Deixando de lado pareceres e erratas, abandonando Dirce quando a última folha de boldo é colhida, Benjamin ignora as dúvidas oportunistas, circula arestas e transforma sua dicção masculina em variações curvilíneas.

Por outro lado, o surgimento de Maria significa também que os porcos se foram assim como surgiram, tendo agora o seu espaço ocupado por uma personagem feminina. A perplexidade como tônica do seu dia a dia induz Afonso ao mais genuíno filosofar grego. Espanta-se desde o romper da aurora e, encarnando o eterno devir, nele se perde. Peripatético temporão, caminha pelos interiores de si mesmo. Maravilha-se, então: não sabe a que obra pertence aquele fragmento amoroso e não sabe quem é Maria. A madrugada permanece envolta em brumas e incertezas: quem estará no comando desta nova trama?

Afonso examina a letra nervosa e miúda com uma lente de aumento, herança do avô, sem nada concluir. Alguns traços são coincidentes com a sua própria escrita, mas ele não tem nenhuma lembrança que possa norteá-lo.

Teria sonhado de olhos abertos?

Levanta a cabeça e lá está ele: o tio e seu olhar perverso. Afonso tem vontade de gritar-lhe uma dúzia de palavrões, mas recua e se afasta, o peito oprimido. Sua barriga havia crescido uma exorbitância e ele já soltara, por essa época, mais três furos do cinto. Sente-se imenso e caminha pesado em direção ao banheiro.

Constata, mortificado, a perda dos últimos fios de cabelo. Sorte a de Benjamin, que tem cabelo pixaim, lembra-se, usufruindo da rima. E sente saudades da Crônica tal qual surgira, embora as personagens atuais sejam bem mais sedutoras e atraentes.

Neste dia, ele não abre a porta nem para Assunta. E também não escreve, porque sente necessidade de elucidar alguns enigmas ou, pelo menos, ordenar as próprias dúvidas, como convém a um homem de letras. Suspender o juízo não lhe parece apropriado nesse caso específico. Seria imperativo voltar ao pensamento mítico ou à advertência socrática, hoje utilizada em larga escala por cursos de autoajuda e políticos que se autoajudam.

O dia avança sem que ele tenha obtido nenhuma resposta que o satisfaça, mas o carteiro deixa um convite em sua caixa de correio, lembrando suas imbricações sociais. Por ele ser, indubitavelmente, uma ilha em meio a outras – sujeito a iguais revertérios, doenças, catástrofes, desejos e tudo o mais –, Afonso irmana-se ao restante do arquipélago nos eventos e cerimônias públicas, impondo-se práticas solidárias em contraponto ao seu lado misantropo. Mantendo-se coerente, é incapaz de descartar a correspondência sem antes examiná-la, por mais desimportante e tola que pareça.

Hoje, o convite traz o depoimento de um poeta que está lançando seu terceiro livro.

Mas que mixórdia! – desabafa Afonso. Inúmeras definições e várias afirmativas radicais: o poeta é isso, o belo é aquilo, o inferno é... No entanto, "a palidez emocional da poesia brasileira" parece-lhe uma expressão encantadora. Além disso, no meio de tantas certezas pueris, uma observação final desperta sua atenção e chega a comovê-lo: “por questões de saúde, pode ser que o poeta mude de profissão”.

Não seria um aviso ou, no mínimo, uma alternativa a ser considerada nestes tempos apocalípticos?

# RIZOMAS

*Corria o ano de 1768 quando o médico Samuel Tissot, um sábio, publicou o livro* A saúde dos Homens de Letras, *no qual demonstra, através de nove casos clínicos de doenças pavorosas, que "a literatura faz mal à saúde daqueles que a praticam, em público ou privadamente".*

*Eu poderia ser, perfeitamente, o décimo paciente a ilustrar e a enriquecer essa teoria magistral do Dr. Samuel Tissot. Mas alguns séculos nos separam de forma indelével.*

# [ A cópula dos espelhos ]

# CRÔNICA DE UM TEMPO INCERTO

[ Módulo 14 ]

Era só desligar o celular e dizer que a bateria havia pifado ou que estava fora de área, caso Sandra ligasse da praia e ele não estivesse a postos. A esta hora, Fabiano já devia estar em casa, como de hábito, tomando sua dose de uísque enquanto via o noticiário e esquentava algum congelado (sem gordura trans, mas com todos os ingredientes substitutos, além de conservante, acidulante, flavorizante, estabilizante, corante, e outros tantos componentes rimantes).

De qualquer forma, ele telefonaria no dia seguinte contando sua versão dos fatos: um antigo cliente aparecera sem avisar, justamente quando se preparavam para fechar a agência. Proposta vai, proposta vem, gastaram horas na transação até combinarem todos os detalhes, um sufoco, aí foram tomar uns drinques para comemorar o início da nova campanha: imprevistos normais no meu trabalho, querida, você sabe, por isso voltei tarde, mas está tudo bem, não se preocupe, aproveite a viagem, dei água e comida pro cachorro e a diarista veio limpar a casa no dia certo, molhou as plantas, pode ficar sossegada que ninguém vai morrer na sua ausência, mas confesso que eu sim, estou morto de saudades e não vejo a hora de você chegar.

Decidido a tirar proveito das breves férias conjugais, Fabiano está propenso ao novo e ao mais que viesse. Mas, atento aos caprichos da sorte, tem como princípio não se arriscar à toa e prefere sair sozinho, evitando que outros compartilhem seus pecadilhos.

Ele hesita na porta da boate, examina de relance o bar e a pista de dança. Movimento fraco, constata. Alguns casais se refugiam no escuro e umas poucas almas solitárias cuidam de si mesmas. Mas o lugar, suficientemente discreto, dispõe de poltronas encarnadas, luz acolhedora e som na medida certa.

Fabiano dirige-se a uma mesa perto da pista, pede uísque puro, confere algumas mensagens e desliga o celular, com a pretensão de desligar também a cabeça. Num relance, checa os arredores e saca que a figura da mesa ao lado, acompanhante do talvez marido talvez amante, é, sem dúvida, um mulherão. Percebendo que ele a observa, ela ajeita o cabelo ruivo com *glamour*, como se atuasse numa película de Hollywood, daquelas que resistem ao tempo.

Inseguro, ele vira o copo e despista, ou pensa que sim, olhando duas garotas que entram abraçadas, rindo a valer. Da idade de suas filhas, supõe Fabiano. O que estariam elas fazendo agora, uma em Londres, outra no Canadá? Melhor nem pensar. Melhor pedir alguma coisa para comer, antes que fique de porre.

Examina rapidamente o cardápio e escolhe o tira-gosto da casa, uma mistura sofisticada de camarão, frutos do mar, aipo e especiarias impossíveis de serem listadas. Chama o garçom, faz o pedido, mas logo se arrepende e troca por uma porção de queijos e torradas, para não ter erro. Afinal, a noite está apenas começando. Mais tarde, se sentisse fome...

É impressão dele ou a figura da mesa vizinha, que faz par com o mulherão talvez esposa talvez amante, lança sobre ele um olhar inquiridor?

Fabiano se endireita na cadeira, belisca o queijo sem muito interesse, examina as fêmeas disponíveis e não tem vontade de conhecer nenhuma delas.

A ruiva ao lado olha diretamente pra ele, e o coração de Fabiano, até então bem-comportado, dá algumas cambalhotas, caindo num ritmo sincopado.

Agora sim, senti o drama, tá rolando, com certeza. Que azar aquele cara na cola dela! Melhor eu cair fora, a maré num tá pra boto.

Levanta-se fingindo calma e procura a toalete, enquanto resolve o que fazer. Lava o rosto e se examina no espelho. Nada mal. A barba está bem aparada e o cabelo continua sob controle. Pelo sim, pelo não, examina os dentes. Desabotoa a camisa, dobra os punhos e volta mais confiante.

As duas jovens agora se beijam e, na pista, dançarinos solitários se aventuram em meio aos pares, de repente em número considerável. Fabiano atravessa a boate quase impune, exceto por um inesperado beliscão na bunda.

Ele se vira, assustado. A moça – alta, estilosa, coberta de tatuagem e *piercing* – ri e levanta o copo, assumindo a cantada. Ele ensaia um sorriso, consciente de estar um tanto *démodé* para esse tipo de assédio, mas gostando, e muito, do afago. Nada mal para quem acaba de chegar aos cinquenta, pensa. Em outra época, toparia na hora. Hoje, porém, esboça apenas um gesto dúbio, que nada significa.

Ao se aproximar da mesa, o casal olha para ele, ambos ao mesmo tempo, disparando o sinal de alerta em Fabiano, que logo sacode os ombros e se recrimina.

Coincidências acontecem, cara, deixa de ser encucado!

Ele ensaia um gesto para chamar o garçom, ainda sem resolver se encerra a noitada ou se parte pra outra. É quando o coroa, talvez marido talvez amante, se levanta e caminha em sua direção.

Pronto, só me faltava essa!

Fabiano se põe na defensiva e espera. Mas a figura, que fazia par com o mulherão talvez esposa talvez amante, estende a mão para cumprimentá-lo com uma expressão afável, desarmando-o de qualquer pensamento cabuloso.

— Já que está sozinho, minha esposa e eu notamos, por que não vem se juntar a nós? Seria um prazer. A não ser que esteja esperando alguém…

Pego de surpresa, Fabiano tropeça nas palavras.

— Seria… seria um prazer, com certeza, mas amanhã trabalho, ia até pedir a conta.

— Ah, bobagem, amanhã todos nós trabalhamos. E um drinque a mais não vai fazer diferença. Feche a conta aí e venha pra nossa mesa.

Ele se volta para a mulher, Fabiano faz o mesmo e ela acena com a cabeça, endossando o convite. Além disso, levanta o copo num brinde, enquanto esboça um sorriso.

Proposta irrecusável. Que se dane o resto. Se eu não perder o juízo agora, quando é que vou perder?

O homem estende-lhe a mão. Um coroa nos trinques, o sortudo.

— Heitor.

— Muito prazer. Fabiano.

Apesar da desconfiança, ele se muda para a mesa vizinha e, ao apertar a mão acetinada da mulher, seu coração galopa. Quarenta anos, no máximo.

— Laura – sussurra ela.

— Laura... Laura... tem a ver com aquela música, aquela do compositor... Poxa, não é que esqueci o nome dele?

— Ah, não esquenta – ela sorri. – Braguinha. Mas você acertou na mosca, meu pai adorava essa música. E minha mãe também. Então, eu vim para ser Laura.

Maravilhosa!

— Com sua permissão, Heitor, posso perguntar a ela o "que é da rosa dos cabelos"?

— Ah, memória afiada, estou gostando de ver! Sabe que eu adorava flor no cabelo? Agora, não mais – ela retruca, sacudindo a cabeleira.

— Ela vivia enfeitada quando era minha secretária – aparteou Heitor.

— Sua secretária?

— Sim, já faz tempo, lá na empresa. Agora a conversa é outra, os papéis se inverteram. Quem manda é ela e eu tenho de seguir à risca o cronograma, a agenda e a planilha de custo.

Laura ri baixinho e sacode a cabeça, negando.

— Exagerado incorrigível! Ele fala isso pra todo mundo, não se impressione, Fabiano. Eu continuo secretária dele, ainda que doméstica.

— Que nada! Ela manda e desmanda em mim.

— Antes fosse, antes fosse...

Disposta a mudar o rumo da conversa, Laura pergunta a Fabiano:

— E você, faz o quê, além de curtir balada?

Ele acha graça da pergunta, raspa a garganta e resume, rápido:

— Tenho uma agência. Publicidade.

— Ah, que legal! Campanhas, modelos, novos produtos, cada hora uma coisa diferente.

— Legal, mas desgastante. Estresse pra lá e pra cá, uma maratona só!

— Melhor do que autopeças e postos de gasolina, não é querido?

— Sem dúvida. Vamos trocar, Fabiano?

— Seria uma experiência e tanto, Heitor. Pena eu não sacar nada de negócios. Na verdade, essa parte fica por conta do meu sócio.

Neste momento, as luzes se tornam suaves e a música se acalma. Laura se levanta:

— E aí, vamos dançar, querido?

— Mas, meu amor, você sabe que sou péssimo! É um esforço inútil, já desisti. Vê se me esquece. Chama o Fabiano, ele parece ser pé de valsa.

Fabiano ri.

— Até que gosto, mas daí a ser pé de valsa...

— Então pronto, vamos lá!

Fabiano é arrastado por Laura e, quando se dá conta, já está na pista, dançando.

Isso não existe, cara, tá indo depressa demais, vai com calma ou...

Mas Laura logo se descontrai e, insinuante, cola o corpo no dele.

Atenção, Fabiano, isso é um teste. Não caia na armadilha. O marido tá lá, de olho. Cuidado, cara!

— Adoro essa música – ela sussurra.

Ele erra o passo e suas defesas vão ruindo, uma a uma. Quando se dá conta, estão agarrados no meio da pista, sem sair do lugar. Ela esfrega os seios no peito dele, dona da situação.

Caramba! E se o Heitor resolve levantar e vê a gente assim?

— Laura – ele balbucia.

Ele tenta falar, mas ela não se toca e continua a castigá-lo com as armas que tem.

— Melhor a gente voltar, Laura. O Heitor...

— Ah, esquece. Deixa ele pra lá, descansando.

— Eu acho que...

Ela pressiona os lábios de Fabiano com seus dedos provocativos e ajusta o corpo ao dele.

Isso vai dar merda, ah se vai!

Por sorte, a música envereda pelo *rock*.

Bendito DJ, estou salvo!

— Então – ela fala, casual –, vamos cuidar do Heitor?

— Claro, mais do que justo.

Heitor, alegre e bem-disposto, parece ter sido contagiado pelo frenesi que o rodeia. Quando Fabiano ameaça ir embora, ele é taxativo.

— Tudo bem, nós também vamos, mas a saideira vai ser lá em casa.

— Ótima ideia, querido! Pede a conta, então.

— Mas eu…

— É aqui perto, não se afobe. E a gente acorda o motorista… – brinca Heitor, piscando pra Laura.

Ela olha pra Fabiano de um jeito que neutraliza qualquer chance de dizer não.

— Tudo bem, então. Vamos lá.

Agora sim, pirei de vez. O quê que tá acontecendo comigo, afinal? Se ela me mandar pular do vigésimo andar, eu pulo?

Apesar das dúvidas, ele acompanha os novos amigos, que moram em um condomínio pomposo.

— Bela casa, a de vocês, Heitor!

— Feita no capricho, você nem imagina. Laura ficou no pé do arquiteto, do engenheiro, do mestre de obras e no meu. Se não saísse de acordo, sobrava pra mim.

— Não falo que ele é exagerado? Mas nesse caso até que tem razão. Fiscalizei mesmo. Foi corpo a corpo, senão não saía do meu jeito.

— É, ela ficou encarregada da construção. Então, vamos a um brinde?

Fabiano, atento ao seu limite, apenas molha os lábios.

A conversa muda de tom, fica mais intimista, e ele se revela um adolescente excitado, falando do colégio. Mas o dono da casa, interrompendo suas memórias, anuncia que vai se retirar porque está morto de sono.

— É, me empolguei, falei demais. Já estou indo, Heitor – diz Fabiano.

— De jeito nenhum, imagina! Fique mais um pouco com Laura.

— Claro! Pra que sair correndo? Estou louca pra saber como acaba esta sua história.

— Outro dia, Laura, outro dia. Prometo.

— De jeito nenhum, tem de ser hoje, agora!

— É isso aí, Fabiano, fique, faço questão. Eu não dou conta de acompanhar vocês. Tenho esse lance de sono súbito, sabe? Até perigoso. Apago em qualquer lugar.

— Deixa comigo, amor, vou pegar no pé dele.

— Ah, não duvide, Fabiano, ela é ótima nisso.

Laura disfarça o riso.

— Terminamos o drinque e deixo você ir, Fabiano. Não vou abusar da sua boa vontade. Curto demais a madrugada e…

— E como! Troca o dia pela noite e eu vou pro trabalho feito zumbi.

— Ô, coitadinho. Tão sofrido, tão abusado!

Heitor ri, cúmplice, e encerra a conversa dando um beijo em Laura.

— Boa noite, então, Fabiano.

— Boa noite, Heitor. Foi um prazer. E obrigado pelo convite.

— O prazer foi meu, ou melhor, foi nosso. Volte quando quiser.

— Sim, vou deixar meus contatos com Laura.

Mal Heitor vira as costas, Laura refestela-se no sofá, livrando-se dos sapatos.

— Desde pequena sou assim, dormia o mais tarde que podia e detestava ter de levantar. Acho que puxei meu pai, boêmio assumido. Se bem que minha mãe também tinha uma quedinha pra boemia, mas, com quatro filhos, ficava difícil, quase impossível.

— Falar nisso, vocês não têm filhos?

— Eu não, nunca quis. Heitor, sim, tem um rapaz e uma moça, do primeiro casamento.

Ela esfrega os pés, um no outro, enquanto Fabiano, sem voz, se delicia com a cena.

— Acho que vou pro inferno – ele deixa escapar.

— Hã, inferno? Quem quer saber de inferno?

— É que, olhando pra você, só tenho pensamentos proibidos. Daqueles que a gente precisava confessar antes de comungar.

— Você, eu não. Pra mim não existe esse negócio de pensamento proibido não.

— Sorte sua, não tem que lidar com culpa.

— Minha família não era lá muito chegada a religião. Só cuidava do básico: batismo, primeira comunhão, casamento, enterro. E parava por aí.

Os olhos de Fabiano passeiam pelas pernas de Laura. Que delícia!

— E aí, vai ficar só olhando? – ela se mostra, sem pudor.

— O que mais posso fazer? – ele retruca em sobressalto. – "Que pode uma criatura senão, entre criaturas, amar?"

— Nossa! Virou poeta de repente. Até que eu gosto, mas homem de ação é o que me interessa de verdade, pode apostar.

Fabiano, esquecendo códigos e riscos, atira-se sobre Laura.

— Até que enfim! – ela murmura entre beijos mordidos.

Por que será que a adolescência só tem prazo pra começar?

— E se o Heitor...? – ele ensaia dizer.

— Esquece, amor, esquece o Heitor. Depois que apaga, só acorda se o teto cair em cima dele. E olhe lá!

As mãos gulosas de Fabiano exploram as curvas de Laura, invadindo suas intimidades.

# CAPÍTULO 19

Afonso, atordoado, abre os olhos e sua pulsação supera em muito os limites previstos nos compêndios médicos, passíveis de reajustes drásticos a cada salto da ciência, que anula as certezas anteriores. Ah, os mortais que se cuidem!

Mais um segundo e ele explodiria, qual caldeira abusiva de sua temperatura máxima.

Pânico, excitação ou ambos? – pergunta-se.

E a resposta, impertinente, chega até ele quando se levanta: a nódoa no pijama comprova que nosso autor foi, mais que *voyeur*, partícipe ou cúmplice.

Benjamin nunca mais se manifestou e a Crônica de um Tempo Incerto foi parar no arquivo morto. Mas Afonso logo providencia um ajuste do título, a fim de dar sequência à numeração dos Módulos como fio condutor de tramas dessincronizadas.

# [ A cópula dos espelhos ]

# RIZOMAS

*Minha alma está repleta de preguiça e do sentimento de liberdade. ..... Corto sem dó. Curioso, agora ando com mania de coisas curtas. Tudo o que leio, seja meu ou de outrem, parece que nunca é curto o suficiente.*

Anton Tchékhov

*Recostado em um tronco seco, converso com a máscara, no chão.*

*Sinto muito, ela murmurou. Não tenho janelas porque sou uma mônada e você logo descobrirá.*

][

*Quem gerou o tempo sabe da morte, mas não tem poder sobre ela.*

[ A cópula dos espelhos ]

# CRÔNICA DE PERSONAGEM INCERTA

## [ Módulo 15 ]

*'E a dor?', perguntou em seu íntimo. 'Que fim levou? Onde estás, minha dor?'*

Liev Tolstói

Um dia, acordou sem ela. Assim, sem mais nem menos, depois de todos aqueles anos. Era tão surpreendente, inusitado e fora de propósito, que ele considerou a possibilidade de procurá-la, a despeito de tudo.

Mas, antes de qualquer coisa, precisava tomar um banho morno e preparar com calma seu café da manhã. O resto esperaria por ele.

Levanta-se com cuidado, lembrando-se dos filmes de ficção científica onde os corpos, livres da gravidade, flutuam leves como tufos de paina. Onde tudo que deveria se esborrachar no chão atinge alturas surpreendentes, sem curso definido, num ritmo beirando o nada.

Calça os chinelos e vai, num ritmo beirando o nada, para o banheiro. Ensaboa-se com apuro, cuidando de todos os pormenores. Escova os dentes da mesma forma criteriosa, fato comprovado pelas raras obturações que possui, embora tenha mais de cinquenta anos. Por razões óbvias, deduzimos que pertença a uma classe social acima da média.

O resto deve ser posto de lado. Não passam de sofrimentos e provações, dissabores próprios da espécie, sem os quais os homens não se estruturariam como seres pensantes. Nem mesmo as mulheres o fariam.

Prosseguindo, então, ele se ensaboa. Mas estaca de repente, imobilizado pela pergunta que continua a persegui-lo: e se ela voltar?

Em pânico, pensa reconhecer sinais do seu iminente retorno: o coração se comprime, diminuindo de tamanho até se tornar uma bola de pingue-pongue. A respiração se acelera e ele espera, tenso. Apura todos os sentidos, preparando-se para de novo recebê-la, como uma fatalidade anunciada.

Imóvel durante algum tempo, sente a espuma procurar caminho entre os pelos abundantes, ramificar-se e descer pelo corpo em direção ao ralo, enquanto ele permanece atento, à espreita do que não vem.

Ainda desconfiado, prepara o café da manhã. Mas não é estranho que nada, absolutamente nada, aconteça?

Faz a primeira refeição do dia em paz, contrariando um hábito de anos ou décadas, já nem sabe. Como ainda guarda a memória dela, mantém o estado de alerta e se assusta com o vento que agita a persiana.

Roda pela casa, que agora lhe parece outra: antes prisão, revela-se abrigo seguro, caverna que nenhuma criatura seria capaz de invadir ou violar.

Ele perscruta a janela e consulta a agenda. Em seguida, dá alguns telefonemas e cancela compromissos. Devagar, dirige-se à sala e senta-se, muito aprumado, na ponta do sofá. O que poderia fazer, além de esperar?

Ser paciente, vencer o tempo, o vazio anônimo e aquela falta de gravidade: a sensação aguda de poder flutuar a qualquer momento.

Resolve sair e fazer uma caminhada, porque a ação – disse alguém em algum lugar, em determinado tempo, livro, filme, quiçá em um comercial – é, sem dúvida, o melhor remédio.

Caminha sem pressa e sem rumo certo, tentando identificá-la nos rostos que cruzam seu caminho. Difícil admitir, mas precisa ter notícias dela.

Encarando o desafio de frente, escrutina aqueles que passam por ele e torce para encontrar o eco das perguntas que o inquietam. O rosto mais comum e inocente pode esconder traços de sua presença ou exibir pegadas fundas, sulcos, marcas que não desaparecem com o tempo, ao contrário, com o tempo se acentuam.

Distraído em sua busca, anda vários e vários quilômetros. Quando volta, esgotado pelo esforço excessivo, o mundo todo gira e ele tem de fazer um esforço enorme para abrir a porta de casa: escapa-lhe a chave, escapa-lhe o buraco da fechadura.

Teme uma possível cilada: e se ela estiver escondida, para tomá-lo de assalto justamente neste momento de exaustão?

Em passos furtivos, segue direto para a cozinha e tenta aplacar a sede, mas a garganta continua reclamando. Antes que a hesitação o paralise de vez, ele se instala em frente à TV e repassa as últimas gravações que fizera. Mas logo desiste. Não, não faz sentido, nada parece normal ou justo.

Desliga o aparelho e estira-se no sofá, ainda esperando. Mas...

Uma hora depois, tudo igual, ele seleciona alguns cedês e prepara um drinque. Em certos momentos, uma dose de uísque pode colocar tudo no lugar, repete para si mesmo. Em outras, ao contrário, pode tirar todas as coisas do lugar. Depende, sempre, da sede; e do pote.

A tarde vai passando calma, apesar de tudo.

Já perto da noite, ele se agita novamente. Desiste de Miles Davis. Experimenta, sem sucesso, ouvir Ernesto Nazareth, Mozart, Yo Yo Ma, Emma Shapplin.

Não, ela não vai voltar! – conclui. Decididamente, ela não voltará, repete alto, sentindo a têmpora pulsar forte. O suor gela seu corpo inteiro. Está livre como nunca e agora pode cumprir seu destino ou explorar o outro lado: enveredar pela contramão dos acontecimentos, dedicar-se ao que é breve e provisório, seguir o canto da sereia.

Novamente, a vertigem. Aquela falta de gravidade. E um silêncio de meter medo. Deserdado de sua natureza, ele grita: dor, onde estás que não te sinto?

Mas nenhum eco se escuta. A pergunta extravia-se pelas ruas repletas, perde-se em meio às buzinas, porque assim é nas grandes cidades. As perguntas se desmancham, se diluem, não fazem sentido.

Cabia-lhe ser feliz.

# CAPÍTULO 20

A quem cabe ser feliz? À personagem, ao leitor?

Ao autor é que não.

Afonso mede o escritório com passos frouxos, mede a sala, o quarto de casal e volta a medir o escritório.

Farto de vagar pela casa, ele finalmente se aquieta em seu posto predileto, diante da janela, a fim de contemplar, uma vez mais, o sol se pôr, anulando as imperfeições do dia. Manchas vermelhas demoram no horizonte prolongando a tarde, de modo que ele se lembra do "*Taedium Vitae*", poema que Benjamin deveria escrever no final do expediente. Invadido por um inesperado sentimento de perda, ele se dá conta de que Dirce desaparecera da Crônica ao colher a última folha do pé de boldo, ao passo que Benjamin ou bem metamorfoseou-se em outras personagens ou permanece encapsulado, esperando a hora certa de reaparecer: talvez como escritor-revelação, talvez como chefe geral do órgão a que pertence.

Enquanto isso...

Afonso considera as alternativas para livrar-se do impasse e acaba por concluir que é melhor render-se ao fato de que ele precisa de ajuda. Mas... a quem recorrer? Se abrisse a boca, poderia ser taxado de maluco e acabar internado à sua revelia; ou coisa pior. E se fosse interditado?

No momento, o melhor a fazer é considerar as soluções alternativas que proliferam pela cidade: procurar os iniciados em cultos secretos, acostumados a lidar com forças do extramundo, questões esotéricas e coisas do ramo.

Ainda que avesso a tudo aquilo que não consegue explicar pela razão, Afonso recorda-se da vidente que utiliza, como estratégia de mercado, divulgar seus dons em folhetos distribuídos no centro da cidade, na Praça 7. Animado com essa nova perspectiva, ele se desdobra para localizar o impresso que um molecote havia enfiado em sua mão na hora do *rush*, meses atrás, e que ele guardara junto à papelada, para talvez um dia usar em uma de suas peças literárias. Nele, Dona Zilda anuncia a cura de todos os males, materiais e espirituais, propondo o seguinte:

*Solucione seus problemas e suas angústias. Procure Dona Zilda e encontre motivação. Enredo com família? Vives doente, nervoso, desanimado, sem saber o motivo?*

*Queres saber a origem de seus fracassos? Desejas viajar, fazer algum negócio e estás em dúvida? Preocupa-te a embriaguez de alguém? Seu amor não é correspondido?*

*Não faça comentários antes de visitar Dona Zilda! Ela o ajudará e o guiará para a solução de todos os males que tanto te afligem. Livre-se de falsos parentes, amigos e vizinhos. Procure hoje mesmo Dona Zilda, que ela garantirá a sua felicidade: presente, passado, futuro etc. Seus trabalhos não vão de encontro a nenhuma seita ou religião. São garantidos através de tarôs, búzios e pombas africanas. Discrição absoluta! Consulta ao alcance de todos. Passes, defumações e orações grátis. Dona Zilda atende todos os dias, inclusive domingos e feriados, em sua residência fixa, de 8 às 20:00 horas.*

Mas, antes que ele se decidisse a procurar Dona Zilda, seus fantasmas encarnaram personagens de diferentes cepas e envergaduras, criando textos estranhos ao seu mundo e talvez pertencentes às outras faces de Benjamin, travestido ao sabor das górgonas.

De fato, os fragmentos, que Afonso recolhe pela manhã, transitam por esferas alheias, mergulhando-o no universo feminino narrado em primeira pessoa.

# [ A cópula dos espelhos ]

# CRÔNICA DE PERSONAGEM INCERTA

[ Módulo 16 ]

Sem ter conhecido Óbidos, eu não seria hoje a pessoa que sou. Mas posso estar enganada. Às vezes, não são os fatos que contam.

Por uma espécie de sortilégio, pode ser que os equívocos tenham se urdido num plano que desconheço, ficando a me esperar desde então.

Entendi, na prática, por que motivo uma fortaleza tanto pode proteger quanto aprisionar. Definitivamente, Óbidos não tinha centro. Óbidos *era* o centro. Mas só descobri depois.

Subi os degraus ásperos.

A paz era tão compacta que desejei colhê-la como se colhe uma laranja madura. Gostaria de levá-la comigo na bagagem para um dia saboreá-la de novo, bem devagar.

Voltei sobre os meus passos.

E assim cheguei ao ponto de partida.

— Mas então estou perdida – falei alto.

— Em Óbidos? – espanta-se a mulher.

Preciso escapar agora, senão…

Óbidos, tal qual imaginei, começou a girar em volta de mim a uma velocidade de entontecer. Foi tudo desaparecendo devagar, tudo sumindo, como que se desmanchando na tarde que terminava.

Ai de mim, que destino me espera? Ai de mim, qual será minha sorte?

# CAPÍTULO 21

Pode ser que Benjamin tenha usurpado a história original de Afonso, subvertendo-a em várias tramas desiguais: jogando livre, aventurou-se pelas sombras, levando seu criador a tornar-se refém de personagens a ele impostas no tabuleiro multidimensional; sua voz feminina, no começo submissa aos preceitos severos do autor, ameaça agora sobrepujar a fala alheia e sair vitoriosa.

Mas também pode ser que uma personagem forasteira tenha se infiltrado na prosa de Afonso no intuito de solapar a primazia de Benjamin, sumariamente nocauteado por uma saraivada de golpes, substantivos e verbais, em coordenadas explícitas, que não deixam margem a dúvidas.

Na verdade, o escritor não deve se preocupar com nenhuma dessas hipóteses uma vez que, a rigor, não lhe compete fazer considerações de tal ordem: ele é, quando muito, o tradutor de um texto estrangeiro, passível de equívocos, derrapagens e, naturalmente, traições.

# [ A cópula dos espelhos ]

# CRÔNICA DE PERSONAGEM INCERTA

[ Módulo 17 ]

Guardo ainda na pele a emoção que senti ao vê-la pela primeira vez, entre os objetos coloridos da vitrine. Pensei em tomar posse dela, vingar-me daquela que me torturava à distância, com sua voz curvilínea. Imaginei comprá-la, coisa em meio a coisas, e dar de presente ao primeiro que passasse. Mas nem mesmo entrei na loja. E ela não ficou sabendo que estive lá.

Volto sempre que posso, mas Kátia nunca me viu.

Fascinada, observo-a ondular os quadris estreitos, feito peixe se exibindo no aquário. Ela desliza, graciosa e leve, no meio de manequins, araras, máscaras e o que mais houver.

Esqueço por que vim. Esqueço que devo voltar. Pessoas e coisas se retiram para uma região abissal e apenas Kátia ocupa meu pensamento.

Ela não lembra, em nada, a mulher que imaginei. Para meu espanto, não parece fatal. Mas conseguiu me enredar em sua teia e agora estou onde estou, em muda contemplação: os cabelos escuros, cortados em fio reto, esvoaçam aos caprichos do ventilador, provocando-me arrepios.

Decididamente, eu não quero estar aqui, nem devo. Melhor ir embora e pôr um ponto-final no pesadelo que se repete. Mas sei que esse momento é para sempre meu. Como uma segunda pele, já faz parte de mim.

De uma hora para outra posso quebrar o aquário, do outro lado da rua, assumindo minha loucura trancada a mil chaves: quanto mais feroz, mais doce a minha fala; quanto maior o desatino, maior a prudência nos gestos. Eu não grito… e não deixo rastros. Aceito de bom grado o que acredito ser meu destino. E pronto.

Há quanto tempo não durmo? Há quanto tempo faço minhas tarefas sem me dar conta delas, como se uma outra ocupasse o meu lugar?

Estremeço quando o telefone toca. Ela e sua voz de pelúcia insinuam-se aos poucos. Mas continuo dizendo não.

...e passeei pelo parque no meio dos jacus, micos e quatis. Estava quase em paz quando ela voltou a me telefonar.

A conexão entre o meu silêncio e a fala de Kátia, sedutora, acontece de imediato. E eu me deixo enredar, cada dia um pouco mais. Ridículo!

— Não quero saber de nada, *nada*, ouviu?

Pus-me a rodar dentro de casa e cheguei a quebrar alguns copos. Mas aprontei-me, como sempre, para esperar meu marido.

Tudo correu como se eu não estivesse ali. Nem ele.

A sorte é que o Wagner me olhava sem me ver, fazia perguntas rotineiras e eu só lhe dava respostas que ele estava acostumado a ouvir, de modo que não fazia diferença, tenho certeza.

Eu perambulava de um lugar a outro, para esquecer Kátia e sua proposta tentadora. A curiosidade me espicaçava. E o ciúme também.

Entrego-me às novelas. Compro revistas e leio histórias de amor que me fazem esquecer a vida estúpida que levo. Até que um dia joguei tudo pro alto.

Reunindo forças, parto os fios que me aprisionam e vou ao encontro dela, talvez ao encontro de mim mesma.

— Kátia? – chamo, num fio de voz.

Sinto um medo inexplicável.

Kátia pega meu braço e me conduz. Arrasto as pernas gelatinosas, separadas de mim: o abismo estava onde eu estava.

Ela vai me empurrando para o vestiário e puxando a cortina.

Com mãos trêmulas, tiro a blusa, depois a saia. Fico olhando meu corpo, indefeso e nu. Meu corpo desconhecido.

A cortina se abre e, sobre o meu ombro, o rosto dela aparece, refletido no espelho.

Um sentimento estranho toma conta de mim. Como se fosse possível estar, ao mesmo tempo, dentro e fora desta novela grotesca.

Zonas até então escuras ficam claras de repente.

Depois, a fala dela entra em sintonia com meus desejos escondidos.

O revólver, onde está? – lembro de repente.

# CAPÍTULO 22

Afonso ignora por que tais fragmentos foram poupados e desconhece a que vinham. A propósito, para que serviria o revólver neste contexto ambivalente: para a protagonista se matar ou matar a outra?

Ao se fazer tal pergunta, ele se lembra inesperadamente do romance *Crônica de uma morte anunciada*, de Gabriel García Márquez, um de seus autores preferidos nos tempos da faculdade: *No dia em que o matariam, Santiago Nasar levantou-se às 5h30m da manhã para...*

Mesmo sabendo o final da história, o leitor, capturado, segue refém da trama. O relato derruba convenções acadêmicas e joga no fogo as receitas passadas nas oficinas literárias, que gestam obras para a lista dos mais vendidos.

Deixando sossegadas as memórias distantes, Afonso, sensibilizado, relê o texto dos porcos. Ele mesmo, por sorte, nunca testemunhara nada parecido, mas tinha por hábito acompanhar as notícias e as estatísticas de acidentes, os depoimentos das vítimas e os discursos das autoridades – em tudo por tudo iguais, independente da época e dos partidos que representam. A humanidade parece não caminhar em linha ascendente.

E o que dizer de Óbidos, se ele não conhece Portugal?

*Voltei sobre os meus passos. E assim cheguei ao ponto de partida.*

Quanto à história de Maria, poderia se tornar o primeiro capítulo de *A cópula dos espelhos*, um dos projetos que Afonso pretende desenvolver assim que deslindar a teia na qual se envolveu. Encontra-se disposto a assumir o novo romance e a buscar novos rumos para seu exaustivo trabalho de ficção. Mas, por enquanto, desconhece a chave a ser usada para acessá-lo.

O anúncio de Dona Zilda continua tentando sua mente racional (repleta de incertezas) que contrapõe embargos ao seu impulso de procurá-la. Talvez o próprio tempo se encarregue de esclarecer os últimos fatos, considera Afonso, empurrando com a enorme barriga o momento de agir. Por enquanto, a questão se resume em manter a calma e reaver a posse de si mesmo. Mas ele não consegue evitar a sensação incômoda de estar sendo ludibriado. Recrimina-se, rumina solilóquios e estratagemas.

E termina por derrubar, um a um, os argumentos que amealhara na tentativa de clarificar a trama.

Nada é como Afonso esperava. Nada como planejara.

Talvez um gênio mau esteja tentando confundi-lo ou, então, um anjo replicante tenha sido enviado para colocá-lo à prova: se ele de fato fosse escritor, nenhum contratempo poderia engessar sua narrativa ou confundi-la. E nenhum revés lograria fazer dele um funcionário público como Benjamin. Pelo contrário, o momento ofereceria uma oportunidade ímpar de exercitar sua criatividade, superando o presente e abrindo-se, sem questionamentos, aos desmandos da escrita. Ah, como seria bom transcender miudagens!

Em um momento de desespero, felizmente já superado, Afonso considerou a possibilidade de liquidar seus textos em praça pública, vendendo bons-bocados de poesia e ficção a preços capazes de inflacionar o mercado. Mas ele não levava jeito para tal expediente, fartamente explorado ao longo das eras e ainda hoje válido para quem se dispõe a vender sua produção no corpo a corpo direto com o leitor em potencial.

Enquanto detetive, Afonso reconhece o fracasso: as pistas levantadas deram em nada e, como se não bastasse, suas múltiplas armadilhas permanecem intactas, dando margem a novas e inconfessáveis suspeitas. Ele chega a considerar uma sabotagem intergaláctica, altamente sofisticada, mas logo abandona a ideia, envergonhado de semelhante despropósito. Para um escritor cético, é o fim!

Desconfia de tudo, suspeita de todos. Além disso, o fato de jamais retomar a história do ponto onde a deixara, e por isso ser obrigado a lidar com enredos e personagens desconhecidos, exaspera Afonso, coagido a rolar pedra morro acima sem nunca vencer a primeira lombada. Para compensar o desgaste, tais desafios tornam Afonso consciente de uma série de cacoetes e chavões que comprometem seu estilo, exigindo reparos imediatos. É preciso se libertar dos vícios de linguagem, exorcizar os achados literários do passado e expurgar os lugares-comuns que se imiscuem, disfarçados, em frases e períodos supostamente elegantes.

Afonso é também levado a se livrar do apego ao texto e da estúpida mania de se apoderar de seus personagens, como se eles lhe pertencessem. *Ledo engano!* (A propósito, quem terá usado essa expressão pela primeira vez?)

A narrativa na voz de uma mulher, ou de várias, continua a escandalizá-lo, pois a dicção feminina provoca-lhe pruridos e sinaliza mais um obstáculo a ser superado. No auge do conflito consigo mesmo, Afonso prepara-se para escrever com a firme convicção de que, mergulhando fundo, aprenderia a nadar ou teria, pelo menos, uma morte gloriosa.

# [ A cópula dos espelhos ]

# CRÔNICA DE PERSONAGEM INCERTA

[ Módulo 18 ]

A maioria das pessoas acredita que um acidente grave só acontece nas estradas, por imprudência do motorista ou descuido ou falha mecânica ou, ainda, por causa do péssimo estado das rodovias que sangram essas terras: no emaranhado tabuleiro, as peças se movem ao deus-dará.

A maioria das pessoas deve ter razão.

Por uma questão de sobrevivência, ninguém pensa que um desastre fatal, ou quase, possa acontecer quando se está a uma velocidade calma, em uma rua deserta, a poucas quadras da própria casa. Mas foi exatamente o que se passou comigo.

Eu subia a avenida Afonso Pena levada por *Mad About the Boy* na voz de Dinah Washington e me consolava do papel ridículo que representara dois dias atrás: enlouquecera de fato, mas a vida nem tão madrasta é, eu tinha acordado a tempo, antes que me colocassem numa camisa de força e agora rio das bobagens que fiz, pus peruca, óculos escuros e fui bater na porta da outra fingindo ser representante de um produto de beleza só para vê-la de perto, imaginem!

E agora, depois de deixar na rodoviária minha melhor amiga, trafego tranquilamente na pista do meio e acho graça do que passou. Nesse momento, percebo um carro sair da rua Gonçalves Dias, à direita, e avançar na diagonal, como se fosse atravessar a avenida e enveredar pela Bernardo Monteiro, no lado oposto, e penso não é possível, que cara maluco! Mas ele não para nem diminui a velocidade, e eu piso fundo no freio, girando o volante para a esquerda, mas não adianta, ele continua cortando o meu caminho num risco enviesado e então eu vejo que não tenho saída, dou um golpe estratégico e faço uma curva radical, como se tivesse resolvido na última hora voltar à rodoviária e também embarcar para o Rio, bato no canteiro do meio e capoto no meio da rua, naquele domingo morto.

Almas sensíveis me resgatam e me levam para o hospital da esquina.

Escoriações, luxações, pequenos cortes no rosto, braços e pernas. Pontos aqui e ali. Viram-me do avesso, avaliando os danos: não quebrei nada, mas é melhor ficar em observação. Continuam preocupados com a pancada na cabeça, que me fez perder os sentidos. Bom pra relaxar – brinco, mas ninguém ri.

O golpe deixou na testa um hematoma tamanho médio e a sensação de que alguma coisa anda errado mundo afora. De vez em quando, saio do ar sem nenhuma explicação. Pelo menos, que eu saiba.

O cara maluco teve sorte, não sofreu nada. Havia acabado de tirar o carro no consórcio, dera no lance todas as suas economias – chorou sem pudor – e agora ia ter de trocar a porta. Lamenta o acidente e pronto, fica tudo por isso mesmo. O assunto caduca sem ser resolvido. Ele não tinha nenhum seguro, e eu assumi a total imperícia do imbecil.

Alguns prejuízos duramente assimilados e a rotina de novo se instala, para alívio de todos ao meu redor. Ninguém me aguentava mais. Retomo as aulas de inglês e as traduções. Retomo a hidroginástica e os desafios do dia a dia: correria, trânsito empacado, reuniões, compras, pagamentos, filas e filas.

Vivo cada vez mais sozinha. E falo assim como se viver sozinha, fato consumado, permitisse gradações. Por outro lado, no entanto, sinto que alguém me espreita e que algo trágico está para acontecer. Natural, eu sei, depois de um acidente grave. Todas as coisas parecem corretas, mas algo, ignoro o quê, destoa do resto. Existe uma sutil dissonância na ordem precária das coisas ou, talvez, na própria estrutura dos elementos e não sei se essa dissonância está dentro ou fora de mim. O certo é que também eu passo a destoar do resto. Estou postiça, careço de naturalidade e me esquivo ao momento. Mas ninguém repara e aposto na minha desimportância para continuar passando despercebida. Despercebida como um gato.

A propósito, eu sempre quis ter um gato e pensei que agora viria a calhar. Dei vários telefonemas, procurei nos anúncios e acabei levando para casa um pequeno siamês cor de fumaça, o Paxá.

Boa companhia, mas exige muito de mim, mais do que eu esperava. Por causa dele, as coisas, até então latentes, eclodiram de forma inesperada. Eclodiram numa noite em que eu, já tonta de sono, via mais um enlatado na televisão. Paxá deixou seu canto no fundo da sala e pulou no meu colo e o que aconteceu depois até hoje me assusta. O incidente veio também confirmar minhas suspeitas: minha mão faz o que quer, na hora que quer e do jeito que bem entende, independente de mim. Obedece ao comando de outra pessoa, uma outra que se apossa do meu corpo e através dele se exprime. Uma outra que me espreita e me usa à revelia e que sem pudor manifesta seu potencial de violência.

No início, considerei-a uma criança levada e relevei os fatos. Tratei-a às vezes com benevolência, às vezes com irritação, e nunca comentei com ninguém seus caprichos e travessuras. Mas as coisas pouco a pouco foram mudando. A inocente rebeldia descambou em delinquência, e agora sou obrigada a reavaliar as coisas sob um prisma severo e realista: não sei até onde poderá ir e não sei como detê-la. Por isso, receio o pior.

Recapitulando, fatos estranhos começaram a me perturbar logo depois do acidente, assim que reassumi as tarefas do dia a dia. Minha mão, antes obediente, foi ficando cada vez mais imprevisível. Passei péssimos momentos no supermercado quando ela, sem mais nem menos, surrupiou um chocolate, enfiando-o no meu bolso. Tentei devolvê-lo, mas ela se rebelou. Estava obstinada a nada pagar e endureceu o jogo, por isso entrei na fila com cara de vítima, disposta a arcar com as consequências caso o delito viesse à tona.

Mas os despropósitos não pararam aí. Num *show* ao ar livre, ela beliscou as nádegas opulentas de uma mulher e ato contínuo se recolheu, fingindo acompanhar o ritmo da música. Fiquei chocada. E então comecei a vigiá-la com redobrada atenção. Como se eu pudesse controlá-la ou prever suas súbitas investidas.

Em outra ocasião, puxou a sunga de um menino que berrava impertinências e cuspia na piscina, importunando os banhistas. Tive que sair às pressas, sem olhar para trás.

Minha mão tornou-se traiçoeira. Louca, creio. E acho que não gosta de mim. Fatos análogos se repetiram, mas tentei administrar da melhor forma possível meu nervosismo e abafar os constrangimentos que ele me causava. Preferi registrá-los como miseráveis contratempos, vividos numa época não muito feliz da minha vida.

Mas a verdade é que não consigo esquecer essa estranha criatura. Melhor seria dizer, não posso ignorar o uso abusivo que faz de mim. Quando olho meu anular, por exemplo, lá está a aliança. Uma joia de pouco valor, mas uma joia! E por ela nada paguei. Sou então cúmplice? Nesse caso, talvez. Ainda não equacionei a questão. Aliás, deveria. Meu objetivo, ao entrar na loja, era comprar uma pulseira, presente para minha sobrinha. Mas, ao lado da pulseira, estavam os anéis, que de imediato seduziram meus dedos. A tudo assisti, atônita com a esperteza daquela mão que sem titubear se apossa daquilo que deseja. Sim, ela sempre sabe o que quer e se insinua e não dá ouvidos às minhas interdições.

Está totalmente fora de controle, descobri certo dia, por causa dos comprimidos. Fui tomar um sedativo e ela me obrigou a engolir o restante da caixa, por sorte já pela metade. Dormi, vomitei, dormi. E tão logo dei conta de falar, em voz alta esconjurei a criatura.

Nunca mais comprei remédios de tarja preta. Ou vermelha. E só conservo em casa meu estoque regular de aspirina e antiácido.

Fui seguindo sem grandes sobressaltos até que, uma noite, as coisas subitamente explodiram e ainda hoje me assustam. Eu digeria o enlatado de todo dia na televisão quando o Paxá veio e pulou no meu colo. De forma automática, comecei a acariciá-lo. Era uma sensação reconfortante e fui relaxando apesar dos tiros e das bombas. E então aconteceu. A mão começou a esganar o gato, a esganar o gato com os dedos em garra e ele mal conseguiu soltar um miado estrangulado e rouco, tão repentino foi.

Esperneava, sem uma gota de ar. As unhas lanharam minhas pernas e gritei, tentando livrar o infeliz. Tudo durou uma breve cena na televisão. No quadro seguinte, a mão já abandonara Paxá e eu corri com ele pro tanque: quem sabe se com outro susto o bichano se reanimava? Enfiei o coitado na água fria e ele estrebuchou, esgoelou agudo e, já no último fôlego, por milagre nasceu de novo.

Chorei de alívio. Coisa assim não dá mesmo pra esquecer.

Depois disso, o siamês nunca mais viu televisão comigo. Na hora dos tiros e explosões, corre e se esconde debaixo do tapete e costuma urinar de medo. Dá dó.

# CAPÍTULO 23

Textos que se revelam em fragmentos, outros que resistem, inteiros. Por quê? Que serventia podem ter? – indaga-se Afonso, postado à janela. Olhando a crista da montanha, ao longe, ele se pergunta o que foi feito de Maria – serafim, triste e úmida. Estará perdida em Óbidos?

Mas, então, eu também estou perdido! – deixa escapar ele, em voz alta. Ah, de nada valem os mares, se não podemos navegá-los.

E Kátia, terá encontrado o revólver para se matar ou matar alguém?

Sem interlocutor, Afonso escuta como resposta apenas o queixume das próprias tripas e duvida de sua atual capacidade de discernimento. Supõe viver um processo galopante de erosão interna, no qual nem o corpo nem a mente obedecem aos estímulos e comandos habituais.

Meia hora antes, por exemplo, ele havia tomado uma dose generosa de vodca Smirnoff, pura, mas seus eflúvios evocam, quando muito, café com conhaque São

João da Barra. A língua áspera, pegajosa, exacerba um gosto de trapo quase impossível de suportar. Essa é, sem dúvida, a gota que faltava para o caneco de Afonso transbordar. E com isso ele finalmente se sente pronto para consultar a poderosa Dona Zilda. Com um arrepio, lembra-se também do tio-poeta, posto de lado desde aquele despertar sombrio.

Aproximando-se do retrato, cauteloso, ele sussurra: Sei que estamos afastados, tio, mas o momento é delicado e exige compreensão de parte a parte. Como única testemunha, o senhor sabe, o senhor *deve saber* – frisa – o que está acontecendo neste escritório. Me explica, por favor. Me explica e eu até esqueço aquela dona. Com toda a sinceridade, minha paciência chegou ao fim. Basta! Estou esgotado, não vê?

O tom, grave e tenso, revela profundo ressentimento, apesar da veneração de Afonso pelo tio, pois a desconfiança, desde os primeiros acidentes relatados na Crônica, havia cavado um fosso considerável entre eles.

Como de praxe, ele caminha de um lado pro outro fumando e, de vez em quando, alisa o ventre queixoso. Como de praxe, o tio continua impassível e mudo. Mas Aparício devia se pronunciar – insiste Afonso –, ajudá-lo de algum modo. Não teria, porventura, experimentado as mesmas angústias e hesitações, crises existenciais idênticas? Com certeza seria capaz de avaliar, como ninguém, o que Afonso está sentindo! – deduz o escritor, inclinado a provocar um escândalo. Está sendo roubado no único bem que possui. Onde as palavras que tanto ama? Onde as frases melódicas que ele a custo compõe?

Escrever, escrever, eis o postulado em torno do qual sua vida gira. Ele galopa ao ritmo daquilo que escuta, garimpa ou inventa. Sua energia esgota-se nos caminhos tortuosos da escrita e só consegue respirar neste universo errante e nômade; é como voar de um trapézio ao outro: Afonso põe no salto a alma, o sal do corpo e toda a potência do movimento a ser realizado. Qualquer queda seria fatal.

Com a voz quebrada e áspera, Afonso arremata: Espero que tenha me escutado, tio. E que se empenhe, de alguma forma, em me ajudar.

Mas o ar de deboche que o semblante de Aparício exibe faz o escritor transbordar. Ensandecido, ele agarra o retrato oval e sapateia no tio-poeta. Depois, sente-se melhor, o Afonso dedicado a seu ofício, aquele que um dia amou Janete e nem por isso enlouqueceu. Neste exaltado estado de ânimo, ele volta aos bares.

Já inteiramente bêbado, declara, à garrafa de cachaça Boi Manso, que não precisa mais de Dona Zilda. Sentindo-se liberto, pode enfim exorcizar o fantasma que ronda suas noites. E brinda ao sucesso da empreitada. E jura nunca mais pendurar antepassados em sua casa. Dança um tango abraçado a uma cadeira almofadada, de espaldar alto, tropeça várias vezes, várias vezes se levanta e então acha o caminho de casa, alas! Mas, antes, fornicou uma gorda senhora, ou pensa que sim.

Está de volta ao que é.

# RIZOMAS

*É mais fácil escrever a respeito de Sócrates,*
*que de uma fidalga ou de uma cozinheira.*
Anton Tchékhov

*Escrever é sem dúvida sacrificoso.*

*Sofro porque pergunto.*

*Caio no princípio de tudo, aproveito e me banho no rumoroso rio. Volto no dia seguinte e tudo mudou. A água já não é a mesma, mas continua seu curso lodoso.*

*Pelo objeto, posso compreender o sujeito.*

*Assim me torno fluido e consigo acompanhar o fluxo das coisas.*

# [ A cópula dos espelhos ]

# CRÔNICA DE PERSONAGEM INCERTA

[ Módulo 19 ]

Às dez horas em ponto, a noiva precipitou-se da torre da igreja.

A torre pertencia a um tempo gótico.

O tempo, por sua vez, deu muitas voltas e fechou-se numa curva abrupta, sobre si mesmo.

Ouviu-se um lamento.
Ouviu-se um rasgar de sedas?

Porque o vestido era estreito e branco.
Estreito o caminho.

A noiva continuou a cair por volta de dez horas e parcos segundos.

Flores miúdas esvoaçaram ao redor do véu.

Claro ficou, o jardim sofreria alguns danos.

Um circo acaba de ser plantado em solo fértil.
Lona de estrelas, sem beira ou fim.

Basta um sopro – constata a plateia, perplexa.

A visão do futuro estala, indigesta.

Depois de se olhar de perfil, a noiva preferiu a cintura que sempre teve. Às vésperas, não comeu.

Voou feito pássaro arisco, fugindo da armadilha.

Fez acrobacias no céu febril.

O noivo sentiu a mão do destino roçar-lhe a nuca.

Naquele exato momento, partiu-se em dois.

Teria ele mais de quarenta anos.
Mas um menino amarelo e felpudo teimava em seu canto escuro.

Agora, a sombra do pássaro confunde-se com o pássaro, na calçada.

Entre as pernas da donzela, o gato passa veloz.

Um fio morno desce a rua, divagando aqui e ali.

A noiva borda, pela primeira vez, um risco vermelho.

O cão ganiu pela segunda vez. E farejou o asfalto.

Nem a sirene aflita consegue sufocar o pretérito presente.

Quando aconteceu?

Às dez horas em ponto, disse o padre.

Sem aviso prévio, a torre precipita-se do céu.

# [ A cópula dos espelhos ]

# RIZOMAS

*É muito mais difícil matar um fantasma do que matar uma realidade.*

Virginia Woolf

*Desencarnou no dia primeiro de julho, em meio a muitos gemidos, lágrimas e ranger de dentes. A bem dizer, de forma drástica, dramática e precoce. Afogou-se no próprio vômito. Engasgou-se com as letras do alfabeto e, em seus últimos estertores, não conseguiu pronunciar uma palavra sequer que pudesse ser localizada no recém-lançado dicionário da língua portuguesa. Na verdade, compôs dissonâncias e cometeu pecados capitais em relação à gramática. Intrometeu-se sem cerimônia entre sujeito e verbo, anarquizou. Morreu, enfim, depois de virar a língua pelo avesso.*

*Então. No velório, a literatura foi quem mais sofreu.*

*Ficaram todos à volta do corpo, os olhos acesos pelo fumo e pelo álcool. Ficaram lá: jornalistas, colegas de ofício, leitores e curiosos que decidiram passear entre os túmulos pelo simples prazer de se sentirem vivos.*

*Em determinado momento, alguns poetas deixaram a sala e foram juntos ao banheiro. Voltaram com os olhos ainda mais vermelhos, bastante aliviados do peso fúnebre e do fardo existencial. A angústia existencial, aliás, havia caído de moda e estava para ser enterrada juntamente com o escritor, porta-voz de uma geração de sofredores que varava as noites nos botecos de Belo Horizonte. Seus textos haviam gerado, nos leitores mais susceptíveis, estados de depressão que eventualmente se tornaram crônicos, extrapolando em muito o poder da palavra escrita.*

*Ele. Assim que se viu livre da carcaça, sentiu-se a salvo. O alinhamento das horas e a impertinência dos segundos deixaram de ser um obstáculo a vencer. Agora, os ventos o conduzem à vontade, pela contramão.*

*Nunca mais os sapatos baratos, a maltratar calos e joanetes. Nunca mais colarinhos puídos. Nem contas a pagar, nem o ronco das tripas insatisfeitas, sempre prontas a traí-lo no instante decisivo, na hora da entrevista, no momento do flash, no meio da página poética. Nunca mais a dúvida: ser ou não ser escritor.*

][

*Poderia ter sido eu, mas a seta atingiu outro alvo, da mesma espécie.*

*Para ser honesto, causa-me inveja.*

[ A cópula dos espelhos ]

# CAPÍTULO 24

Afonso volta para casa aos tropeções e no sofá da sala esparrama os ossos bem-fornidos, varrendo da mente os últimos resquícios de Aparício de Freitas Lobo.

Acorda agora de sapatos e de óculos, pronto para mais um dia. É bom que seja assim, porque lá está mais um texto sobre a escrivaninha, suscitando perguntas: Às dez horas em ponto, a noiva precipitou-se da torre. E borda, pela primeira vez, um risco vermelho. O tempo, por sua vez, fragmenta-se em muitos. E hesita, desconexo.

Que personagem se insinua agora, que mulher é essa que se precipita da torre? A prosa poética lembra-lhe Benjamin, nos derradeiros ecos da Crônica.

O corpo de Afonso, moído, reclama. Mas que importa? Depois de tantos desafios sofridos, ele se propõe um novo começo.

Com ímpeto juvenil, abre as janelas e deixa o pó do asfalto entrar e sair à vontade. Joga coisas no lixo. E telefona para Assunta: que venha urgente e receberá em dobro o salário atrasado.

Lê uma pilha de jornais, para compensar o longo tempo à margem das notícias, apurando que nada havia alterado o curso das coisas: as novidades são raras e anunciadas *en passant*, enquanto extermínios, assaltos e bombas continuam a ser noticiados em caixa-alta, sendo fartamente explorados e repetidos, numa demonstração de horror que apaga tudo o mais; déspotas e ditadores, políticos larápios e vilões ostentam o mesmo discurso hipócrita. Também os acidentes continuam, agora em maior número, apenas se alteram os nomes das vítimas. Em termos de sequestros, o montante do resgate sofreu ligeira alteração ao ser reajustado segundo os índices oficiais da inflação (que nunca chegam a cobrir o descompasso entre o que se ganha e o que se paga), mas os valores permanecem exorbitantes. A violência havia se instalado como um vírus permanente e, pelo visto, mutante. Vigora a mais perversa das guerras e fingimos não saber.

Sob controle, a inflação, não a miséria. Medidas provisórias mantêm a nação numa espécie de catalepsia, triste espetáculo para uma plateia que chora de rir com tantos palhaços.

Eis um país de sátiros e bufões. Gestos heroicos e grandes bravatas, sempre no derradeiro minuto – exclama Afonso, aterrorizado.

E é com o ânimo de um escritor suicida que ele se entrega a mais uma aventura literária.

# [ A cópula dos espelhos ]

# CRÔNICA DE PERSONAGEM INCERTA

[ Módulo 20 ]

E pensar que eu buscava o amor, a todos perguntava onde o encontraria, hoje os beijos dele me sufocam; não, não durma, por favor, ele recomeça a tortura, preciso saber, e eu tenho de repetir claro que te amo, serei eternamente tua, juro, vou trancar meu coração a sete chaves, sete cadeados e sete portas, quero esquecer, mas ele insiste em me fazer feliz e não me falem que estupidez, cala-te mulher ou te decepamos a língua, você fica bem numa camisa de força, eu nem sabia que o revólver era de plástico, tentei ser livre qual verme debaixo da terra, lá vai o ataúde protegendo o homem de seus medos, alguém disse útero da morte, não entendo porque riem, ridícula esta camisola, no Irã as tropas arrancaram o véu das mulheres, certo, faz tempo, o amor me guiou até as últimas consequências e tudo começou numa tarde de domingo, hoje termina em risos, engraçada a cara que ele fez, ouçam-me, por favor, não se deixem matar, ele dizia eu te amo, me acorrentava, dizia eu te amo, levava-me a passear, sozinha é que não podia, imaginem, eu nunca quis nada, nem bordadeira eu quis ser, ninguém me ouvia, ninguém me enxergava, mas ele cismou com minha cintura fina e então passou a cuidar de mim: queria isso, queria aquilo, tinha febre, tinha fome, sentia frio, sentia calor, ah, você está bem?, o dia inteiro me olhava, dizia posso ver que seus olhos azuis estão mentindo, mas não tenho olhos azuis, eu protestava, no terraço rasguei a camisola e joguei pro alto; estrada acidentada e longa, o corpo de uma mulher, a vagina, estreito atalho, subi na murada e gritei sou livre e tenho o direito de morrer em paz, morrer eu posso, gritei a todos os ventos, luzes se acenderam, pessoas se debruçaram nas janelas, está frio aqui, amanhece, uma ambulância abre caminho e a multidão aplaude, enlouquecida, li que o homem amava a mulher de tal forma e com tal paixão que arrancou os olhos dela para ser dono absoluto de seus desejos, a multidão carregou-o nos ombros, ainda hoje ele sofre o assédio constante de outras mulheres que também desejam ser amadas assim; ela foi enterrada no próprio jardim, entre dálias e antúrios, era esguia e silenciosa e nada fez para machucar as flores, no entanto…

# CAPÍTULO 25

No entanto... a história continuava, já que resquícios de outras páginas se espalham pelo chão do escritório.

Mas Afonso não registra nenhuma lembrança. Ainda perplexo, recupera as palavras absolvição, fatalidade, corpo, caminho, risos, morte, ainda etc.

Dirige-se em seguida à velha cômoda e do fundo da gaveta resgata a fotografia pisoteada de Aparício de Freitas Lobo. Estraçalhando o tio-poeta em pedaços miúdos, ateia-lhe fogo sem hesitação ou culpa.

E agora se sente iluminado. Ou as coisas se esclarecem de uma vez por todas ou ele não se chama Afonso de Freitas Neto. Está disposto a ir ao fundo do fundo e manter a cabeça erguida. A emoção se fora, e ele pode agora agir de forma assertiva.

Firme em seus propósitos, compra uma rede de pesca para instalar acima da mesa de trabalho. Caso Aparício ouse novo ataque, expediente pouco provável depois da expurgação que sofreu, encontrará o que merece. Se outro o fizer, terá destino idêntico. Nem mesmo os fantasmas sairão impunes.

Afonso movimenta-se em câmara lenta e literalmente empurra a vida com a pança. O estômago queixa-se das agressões sofridas, e o paladar, avariado, não lhe dá o mínimo prazer.

Pensando em comprar também uma peruca para proteger os frequentes assaltos às suas ideias, ele se instala no escritório e, resignado, mergulha de cabeça no abismo.

# CRÔNICA DE PERSONAGEM INCERTA

[ Módulo 21 ]

Por fora, *bella donna*.

Por dentro...

Linfa, sangue, bílis – matéria em trânsito.

Raiva, sustos, nervos – desejo em decomposição.

Tudo justifica o salto.

O varredor (do circo) chama o palhaço:

Que segure a cabeça da bela dona enquanto ela vomita o sapo que engoliu.

Que abra as janelas para o sol, em vias de se levantar.

Que feche as cortinas contra o esvoaçar dos insetos.

Que conte as vidas de Drácula, Joana D'Arc, Cinderela e Brás Cubas, até o fim do dia.

E mais não faça, senão desafiar Sherazade.

, a vida sempre foi assim, você sabe, uma gangorra cada vez mais delirante; vamos juntos procurar a saída; e ponto final; por que pôr a culpa nos outros?

*Liberté*, cadê você?

O palhaço saltou feito macaco, deu duas cambalhotas e caiu morto. Mas depois se levantou e propôs um Exercício do Óbvio:

Eu estou na corda bamba.
Você está na corda bamba.
Nós estamos na corda bamba.
Quem vai cair primeiro?

Sozinha com seu espelho, a Equilibrista constata: todos sabem mais do que eu. O mestre de cerimônia, o trapezista, o mágico, o palhaço, o domador (principalmente ele); até o varredor sabe mais do que eu. Todos contam histórias do mundo em erupção, além do picadeiro, da cortina e do tablado. Babam política, literatura, *kirlian* fotografia, artes, física quântica e cibernética.

O anão está ciente de seu desempenho e de sua importância, a mascote é perita nos tambores, os cães representam circunspectos, os macacos estalam as mãos, orgulhosos de seu papel. Os leões, com elegância, furam os círculos de fogo.

E eu?

Não sou perita em nada, nem ciente do número que represento, menos ainda da importância do meu papel. Apenas desejo chegar ilesa ao outro lado. Medrosa, acho que a corda está podre, a qualquer hora arrebenta. Ainda assim, conservo a elegância.

*Je suis déjà-vu.*
*Tu es déjà-vu.*
*Nous sommes déjà-vu.*
Com certeza ninguém é novo aqui.

EM SUA AGENDA, ANOTA

Coisas que acontecem, mas ninguém aqui fica sabendo:

O varredor tem alergia a pelo animal.

A trapezista foi presa dentro da jaula para aprender a se comportar.

O domador, de ressaca, dormiu com a cabeça no colo da leoa.

O malabarista foi expulso da escola por não ter coordenação motora.

Vou jogar meu diário no vagão das feras. Elas que se virem. Não quero mais saber.

*Liberté*, achei você?

E tendo dormido sucessivamente com o domador, o trapezista, o palhaço e o gerente, resolveu dormir consigo mesma porque tudo era igual.

Com todos os reflexos no mesmo espelho, juntos e indecifráveis, concedeu que a paz se fazia necessária; que a harmonia não existia e era bom que não existisse, para o perfeito funcionamento do circo.

# CAPÍTULO 26

Uma narrativa clara e bem-estruturada, malgrado a ordem dos acontecimentos – assim Afonso idealizara a peça ficcional que resultaria de sua escrita. Mas as palavras vêm visitá-lo como uma legião de anjos amotinados e partem ao amanhecer, deixando-o à mercê de projetos anônimos e acéfalos. Ele se perde em conjecturas e não avança nas tramas que se sucedem. A propósito, não se sente responsável por elas. E, intrigado, pergunta-se: quem existe de fato? Eu, Afonso, os Outros (personagens), Aparício, nenhum deles? E se tudo se resumir a uma projeção de sombras numa caverna contemporânea?

Sem obter resposta dos objetos inertes ao redor, ele continua seu monólogo: se o escritor existe apenas em função das personagens que cria, como sobreviver sem elas?

Afonso faz uma pausa prolongada. Hesita. Engasga e recomeça: o ponto de partida correto talvez não seja esse; talvez as personagens tenham inventado o escritor para que possam se encarnar e se exprimir, mas, ao se sentirem traídas, tenham se voltado contra ele, vingando--se de sua incompetência.

Pode ser, ainda, que tenham projetado suas histórias como imagens que só existem virtualmente, na tela; tão logo a luz deixa de animá-las, desaparecem.

Ou, então, o desejo perseverante de criá-las teve o sortilégio de se concretizar num momento ou noutro, sempre pelas metades. Lamentável, sem dúvida. Para que fosse merecedor do rótulo de ficcionista, Afonso deveria escrever novelas inteiras e romances polpudos, a serem publicados em série.

De qualquer maneira, a página em branco é, para Afonso, um buraco negro onde ele atira pedras que não reboam nem produzem o menor eco. Ninguém é capaz de ouvi-las, neste universo. Em universos paralelos, talvez.

Mas o escritor existe e é fato, reage Afonso ao examinar velhos originais, há muito publicados e já fora de catálogo. Apaziguado, ele retoma o que virá, a despeito do que virá.

# CRÔNICA DE PERSONAGEM INCERTA

[ Módulo 22 ]

Ah, Consuelo, tudo tão efêmero, miúdo e reles, estamos sempre pensando o certo, mas o duvidoso espanta mais, não me incomoda a cova rasa, sendo no meu quintal, entre a salsa e a cebolinha, o ruim disso é não ter companhia, ninguém descansando ao lado; falei sem pensar *Deus sabe um bocado de coisas e não liga pra nada*, deu aquele branco, todo mundo me olhando, então me lembrei de um filme americano, a Audrey Hepburn fazendo uma escritora podre de rica, muito chique em sua torre de marfim, um dia aposta ser capaz de suportar por sete dias uma família classe média, as situações hilariantes se repetem, em dado momento ela sentencia para a esposa traída *o defeito dos homens é que eles são homens*, achei de uma sabedoria, mas tratei logo de completar o *defeito das mulheres é que elas são mulheres*, pense bem, tenho paixão por Hanna Schygulla e Ornella Mutti, aquelas atrizes maravilhosas, mas se não fosse a bunda do Kevin Costner em *Robin Hood* o que seria de nós, o que nos reservaria o destino senão o tédio e o não-desejo, o promíscuo bafio do cotidiano?, ah, antes dele Charlton Heston montado no cavalo, lembra?, me fez arrepiar de uma vez para sempre, transportando-me ao *Planeta dos macacos* onde os instintos selvagens foram milagrosamente preservados, embora a espécie humana nem tanto, quase impossível me conformar com aquela história que ouvi ontem, viviam tão bem os dois e de uma hora pra outra ela morre, então no dia seguinte o marido põe todos os seus pertences na porta da casa: pilhas de roupa, escova de cabelo, sapato novo dentro da caixa, cartas, até retrato ele botou fora, é claro que isso resultou em briga e pancadaria, vizinhos, mendigos e eventuais transeuntes na disputa do tesouro, e eis um país à deriva de si mesmo, perdão, não se deve duvidar do óbvio, nem mesmo dele falar, Consuelo, o que aprendi se pontua por alguns complexos, mas os contendores, disseram, saíram bem aquinhoados, um pé de sapato, outro de meia, leque quebrado, porta-joias sem tampa, espelho de mão faltando o cabo, brinco sem tarraxa e por aí vai, os despojos distribuídos, a turba se dispersou, de modo que o saldo foi razoável o bastante, se cada brasileiro conseguir alimentar pelo menos metade de si próprio terá grandes chances de varar o século, com parcas energias, claro, mas suficientes para não se deixar derrotar, e eu fico só pensando, enfim na minha casa o equilíbrio ecológico, uma aranha minúscula cruza a soleira e vem entrando solene, dou graças, fico livre daqueles mosquitinhos chatos que andam, ou melhor, voam por aí, você não acha que a crise descamba nisso ou se resume numa questão de cunho ecológico? não, Consuelo, não precisa responder, não carece esforço, você sempre gostou de filosofar, chegou ao cúmulo de fazer uma paráfrase de Kant e se envolveu profundamente com o *Discurso do método*, mas agora, anos depois, sua vida em suspenso traduz apenas os acordes de uma juventude fundamentada nos princípios da razão, ufa, deixa pra lá, embasbacou-se com tantos mistérios, agora cozinha arroz com cenourinha e acha bom, aprendeu dez horas de trabalho diário, trabalho que salva não só a família, mas você principalmente, umas poucas noções de Freud, é pena, mas que bela despensa, cheia de gêneros, dos gramaticais você pode esquecer, mas sem os outros, os alimentícios, quem é que vive? sim, dez horas de trabalho exaustivo na confecção, melhor não sofismar, melhor não vasculhar o fundo da louça mal lavada, se os filhos não arrumam as camas convém fechar os olhos, mãe só entra na história na hora do divã, muito bem, Consuelo, guarda as roupas em dois minutos, emboladas de qualquer jeito, quem se importa?, se tudo ficar certinho, empilhadinho, é neura na certa, ora essa, ah se mãe soubesse, dez horas de trabalho forçado, depois qualquer uma merece ler *As mil e uma noites*, sim sim, tomando cerveja ou pinga, não vem ao caso, com sorte toma-se vinho, você tem razão, Consuelo, o principal é manter a coluna ereta, encaixada, os ombros soltos, não espetados pra cima que ombro não é brinco, não tem de ficar pendurado na orelha, relaxe, estufe o peito e os seios hão de parecer empinados, espere, não entre em órbita, mesmo porque não terá pra onde voltar, a União Soviética escafedeu-se, é apenas uma lembrança, e eu que gostava de vermelho já não posso mais ver jornal, me perturbam as manchas na neve, na areia, nas casas e nas ruas, podemos ser resumidos numa nódoa, acabar assim, porque o maior desafio do ser humano, sua principal tarefa – desde *homo sapiens* – tem sido se manter de pé, veja bem, Consuelo, não se deixe abater, algumas palavras soam rubras, quase negras, por exemplo paixão e prepúcio, algumas são azuis, Clarice sabia, eu não, o importante é escrever, tentar, estávamos no palco para um depoimento pessoal, mas eu não toco violão, não tenho o dom da palavra, ou seja, se não faço a plateia rir, também não faço chorar, que lástima, fiquei observando e aquilo me deu tristeza, os livros enfileirados na mesa tal qual soldadinhos de chumbo e a autora se descabelando na frente com o microfone na mão, mas que linda voz, olha só o gestual, mas que pernas, isso pode ir longe, quando um filme ou uma peça de teatro me aborrece eu abandono o lugar, mas, recapitulando, então me disse um consagrado autor, não gosto de ler mulher, mulher escreve duro, chato, os homens são mais delicados, talvez ele tenha razão, se hoje pouco reflito sobre a duração de Bergson não é por culpa de nenhum homem, apraz-me vivenciá-la; lembra, Consuelo?, duração tempo humano, não o tempo real, mas a vida num fluxo contínuo onde tudo se aproveita, cresce a bola de neve em movimento, de modo que o futuro fica impregnado *do que já existe* e para entender é preciso intuir, uma espécie de revelação, talvez eu possa agora experienciar o vazio em sua plenitude e assim por diante.

O sol se escondeu ou você foi embora?

[ A cópula dos espelhos ]

# CAPÍTULO 27

*O sol se escondeu ou você foi embora?*

Afonso desperta assustado com o som da própria voz. Pode jurar que Consuelo encontra-se ainda ao lado dele. Sua presença, palpável e densa, anima os móveis, impregnando o ambiente de dúvidas. Mas ele não consegue vê-la. E não é capaz de reconstituir seu rosto, agora resumido a uma mancha de contorno incerto que se aloja na parede oposta à cama.

É preciso intuir, ele repete, e se pergunta: se tocássemos violino seríamos felizes?

[ A cópula dos espelhos ]

# RIZOMAS

*A alegria, breve, me sorriu.*

*Depois virou as costas e desapareceu, milhas e milhas abaixo do nível do mar.*

*Nunca mais dela tive notícia.*

# [ A cópula dos espelhos ]

# CAPÍTULO 28

Consuelo, a salsa e a cebolinha vencem as últimas barricadas de Afonso, que se decide a consultar Dona Zilda urgentemente, mesmo que seja no fim dos confins. Para preservar sua imagem e ostentar parâmetros mínimos de objetividade, ele se arvora em detetive representante dos interesses de um cliente que suspeita et cetera e tal...

Afonso toma um táxi e vai ensaiando a fala pelo caminho, o que provoca assombro no motorista, tentado a acompanhar o monólogo pelo retrovisor.

Mas na residência da cartomante, segundo o endereço do folheto, tudo é silêncio e abandono. A vizinha, que varre a calçada em frente, informa-lhe que Dona Zilda tinha sumido misteriosamente, quando depenava uma pomba africana. Afonso agradece e, desapontado, entra no boteco próximo à casa.

Pede logo uma cerveja como medida de emergência, enquanto escuta outras versões do súbito desaparecimento da cartomante: alguns dizem que ela se desmaterializou ao batuque dos tambores; outros afirmam que ela foi vista pela última vez entrando num carro de luxo no dia de São Jorge, enquanto ainda estava no terreiro; juram outros, finalizando um caso raro de desdobramento e incorporação de múltiplas personalidades.

Inacreditável! – exclama ele. Nada a fazer, então.

Descartada a vã esperança de ajuda, Afonso retorna sobre os próprios passos, como se voltasse de uma guerra sem contar com a espera da amada ou como se continuasse uma via-crúcis sem Verônica para enxugar-lhe sangue e lágrimas. Ou seja, volta ao promíscuo bafio do cotidiano, abandonado ao moto-perpétuo de suas personagens.

Resta-lhe enfrentar a angústia de Consuelo, o desconsolo de Maria e o tempo seguindo aflito. Em sua bagagem, a noiva, a equilibrista na corda bamba, Laura e tantas outras, que se ocultavam para se fazerem presentes ao arrepio do momento.

Quanto mais escreve, menos sabe.

Quanto mais lê, menos caminha.

# CRÔNICA DE PERSONAGEM INCERTA

[ Módulo 23 ]

Comecei a chorar e a lavar a roupa e depois lavei a louça com o mesmo ímpeto, raspei a esponja de aço no tabuleiro e (*eu lá tenho culpa se galho seco precisa ser cortado?*) passei pano molhado na casa (lágrimas estúpidas, estas, não me deixam enxergar nada), depois não suportei o ranço de mijo do banheiro e esfreguei peça por peça até forçar o brilho e dei descarga (*dejetos têm que ir pro esgoto/ você morreu pra mim*), juntei o lixo de ontem, um monte de papel rasgado, de rascunhos de escritos frases incompletas poemas quase encarnados, e lixo de hoje, farelos e formigas, casca de banana, restos do almoço couve-flor, caroços de feijão roxo (*saudade roxa, paixão, passos vacilantes me levaram pra longe do centro, pra perto de você, cada vez mais longe de mim*) folha de alface abandonada na última garfada e o último pedaço de bife de repente insuportável ao pensamento de não morder seus lábios (*um pecado jogar tanta comida fora e não beber seu sangue*), amarrei tudo bem amarrado, dei nó e (*e a língua também calei*) pus lá fora (*não quero mais saber do século passado*), por pouco não martelo o dedo e (*doeria menos, muito menos*) isso tá mais pra doença, não tem remédio que resolva, como se fosse um aleijão que ninguém vê e eu (*feito adolescente espinhenta*) livrei-me do vaso de begônia porque ela também não sabia o que queria, ficava lá sem saber se estava viva ou morta, aí me subiu uma raiva (*não tenho culpa se galho seco precisa ser cortado*), pincei os pelos da perna como se expurgasse praga de jardim (*eu lá tenho culpa se escurece?, se escurece é porque o mundo gira*), arrastei os móveis e dispus a sala ao avesso, se cortasse um dedo talvez não doesse tanto (*e se eu cortasse o cabelo de novo, se raspasse a cabeça toda?*), peguei a caixa de ferramentas e (*a dor não passa*) martelei o prego que exorbitava da porta e outro que de imediato sucumbiu na parede fofa e (*tem coisa que é de primeira categoria, tem coisa que é de última*) senti um alívio enorme em botar o lixo pra fora e também aquelas bobagens todas que escrevi (*paixão não tem futuro e amor não tem conserto*), aquelas bobagens todas que escrevi rasguei com raiva, com força, e só depois disso tirei um cochilo, aproveitando a calma passageira, antes que você voltasse.

# [ A cópula dos espelhos ]

# CAPÍTULO 29

A questão que se coloca para Afonso é a seguinte: deve esperar um pouco mais e deixar que o barco siga adiante, mesmo ignorando seu destino final, ou deve agir com presteza antes de ser, ele próprio, engolfado pelas tantas criaturas que, em suas falas apócrifas, revelam-se ao mundo com tal ousadia e veemência?

Paralisado pela dúvida, Afonso assiste a mais um pôr de sol. Nostálgico e frustrado com sua *performance* de escritor, lembra-se que Benjamin não teve tempo ou não se provou capaz de escrever "*Taedium Vitae*", que ele supõe ser algo como:

Agoniza o dia
na verde encosta
Uma turva melancolia
voa com o beija-flor

E o silêncio se eterniza etc.

Fosse Aparício solidário, poderia tê-lo ajudado, mas o tio-poeta provou-se incapaz de altruísmos. Apesar disso, não deve ser considerado uma herança descartável uma vez que continua a atuar à socapa, corrompendo suas teses de autoria e confundindo o sonhador – suspeita Afonso.

Ele já não se espanta nem se incomoda com as manifestações de sua queixosa alma feminina, mas continua a se preocupar com a incógnita de personagens interrompidas ou abandonadas a um *moto-perpétuo*. Teme perdê-las para sempre.

Por outro lado, a mão assassina recolheu-se e os porcos se calaram, a tempo.

# CAPÍTULO 30

Nada se move agora.

Aprisionado entre montanhas, Afonso sonha com o mar, vento travesso e horizonte sem medida. Mas a cortina cinza-asfalto da sala nem de leve se agita. Indiferente, cumpre sua função: barra a visão dos outros (reflexos dele próprio), do outro lado da rua, onde o horizonte compulsoriamente termina.

Sim, "navegar é preciso". Mas, de onde partir?

# [ A cópula dos espelhos ]

# RIZOMAS

*Porque fui, outrora, um moço e uma moça, um arbusto e um pássaro, e um peixe mudo no mar. (Logo que nasci), chorei e lamentei...*

Fragmento D. 7 – Xenófanes

*Não que eu tenha importância. Não que eu seja a personagem principal. Mas as histórias gravitam em torno de mim. Sou aquele que escuta, pressente e vê. E por vezes fala. E por vezes escreve. Eis-me no epicentro, no olho do furacão. Ao redor gravitam lágrimas, perguntas, morte súbita, brindes ao novo, risos, queixas, rezas, paixões sem limites, feridas abertas e cicatrizes recentes, desejos perversos, violência silenciosa. De repente, gritos.* GRITOS. *Frustração. Pseudoescolhas. Palavras sedutoras a engendrar opções enganosas.*

*Existe um dilaceramento da carne além da superfície lisa. Ocorre um retalhamento do medo em fatias finas, palatáveis no dia a dia. E um arranjo precário torna a vida possível.*

[ A cópula dos espelhos ]

# CAPÍTULO 31

A contragosto, Afonso decide colocar em prática um plano de uso tradicional, que pensara utilizar como recurso extremo caso os fatos escapassem de vez ao seu controle. Se também falhasse, só mesmo Dona Zilda, no além do além, para elucidar o mistério.

Encarapitado na escada, ele arma a rede de pescar no alto, sobre toda a extensão da escrivaninha. Ao terminar, exausto, mas satisfeito, sente desmedido prazer em contemplar a armadilha que lhe parece perfeita, como nos filmes de aventura.

Suspira aliviado e se afasta na ponta dos pés. Dorme confiante, deixando vago seu posto de vigia.

E sonha: Aparício beija Benjamin que beija Afonso que beija o espelho oval, que outra coisa não é senão o retrato de Aparício, de bigode arrebitado e farta cabeleira pixaim, que exibe um decote generoso, além do berloque entre os seios, e que usa óculos em forma de aquário, onde nadam três peixinhos coloridos que acabam de ser pescados por uma rede.

# CAPÍTULO 32

Afonso acorda sufocado, na boca um gosto de papel. O cachecol que tanto ama multiplica-se em direções contrárias em volta do seu pescoço.

É um emaranhado sem fim, labirinto atrás de labirinto.

Ele se debate ainda por uma eternidade, até compreender: caíra em sua própria armadilha. Prisioneiro do abismo, interpreta agora um texto original e único.

Mas quem, senão ele, o autor?

Ora ora, manifestou-se Aparício, entrando de novo em cena.

[ A cópula dos espelhos ]

# RIZOMAS

*Todas as certezas se desmancham na manhã*
*que começa.*
*Ai de mim, qual será minha sorte?*

Afonso de Freitas Neto

1ª edição [ 2022 ]

Esta obra foi composta em Electra
sobre papel Pólen Soft 80 g/m²
para a Quixote+Do Editoras Associadas.

#tudocomeçanalivraria #quixotedo2022 #acópuladosespelhos

FSC
www.fsc.org
MISTO
Papel produzido a partir de fontes responsáveis
FSC® C092828

A marca FSC® é a garantia de que a madeira utilizada na fabricação do papel deste livro provém de florestas que foram gerenciadas de maneira ambientalmente correta, socialmente justa e economicamente viável, além de outras fontes de origem controlada

CARBON NEUTRAL
SAVE

O Selo Carbon Neutral certifica que as emissões de GEE serão compensadas por ações que evitem o desmatamento e a degradação ambiental, gerando restauração, preservação, conservação de florestas nativas do Cerrado, preservação da hidrografia local que alcança a bacia do Rio São Francisco e promovendo o desenvolvimento do extrativismo sustentável com agricultura familiar.